學校裡無處可去的少年們

조 커 와 나

金重美 著
胡椒筒 譯

推薦序／

如果我們都能對孩子的苦難感同身受，有所行動

諶淑婷（作家）

當孩子進入小學後，我最擔心的就是孩子遇到校園霸凌，我也並非杞人憂天，這三年來我在學校和家長社團裡看到各種惡意取綽號、餐袋「被消失」、被霸凌的孩子轉學，也有孩子拒絕上學的案例。雖然我相信人性本善，告訴兒子，那些習慣罵人、取笑同學、甚至動手打人的孩子，可能是在家中一直沒有被好好對待，但時間久了，我有時也失了信心，只能勸自己的孩子明哲保身，轉而提醒他避免一些「可能被欺負」的舉動，但當我告訴孩子要「避免成為被霸凌者」時，不就正在合理化霸凌？

他們為何在學校裡無處可去？

讀這本小說時，我的心情低落卻也驚駭，同時非常羞慚。本書由數個短篇集合而成，

〈小丑和我〉以患有肌肉萎縮症的政宇和負責陪伴的善奎為雙主角，從身心健壯的少年善奎，看著行動不便的政宇如何被師生忽視，活得像大海中的一座孤島，彷彿這樣的人沒有能力思考，也沒有資格被任何人顧慮，所以不只是馬路上無障礙空間付之闕如，就連自家大門到簷廊也沒有辦法獨力靠輪椅前進。

〈不舒服的真相〉從學校離譜的服儀管束作為開始，一步步進入校園霸凌問題，老師下放權力給學生，讓他們假借檢查制服的名義沒收其他學生的衣服，老師也以校規為名，強行剃學生的頭髮、剪破制服、亂翻書包，這樣的校園暴力至今仍然存在，老師習以為常，學生有樣學樣；〈守護夢想的照相機〉以都更和升學主義為題，將「名牌城市」、「名牌學校」、「名牌班級」作為類比，諷刺當成人喊著「團結抗爭」拒絕都更的同時，卻對學校將班級分成優劣班毫無所謂，成績不好的學生，活該要承受差別待遇，沒資格獲得同等的學習資源。

作者不斷將利劍刺向應當保護孩子的家庭，還有應該讓不同處境學生都能安好的學校，〈拳頭是謊言〉裡被家暴的孩子，夜裡無法安睡、家庭經濟困窘，上學總是遲到、身上有傷、衣著無法保持整潔，卻被老師簡單以「打架、不自愛」帶過，明明是受到暴力侵害，反被誤解是施暴者。再從施暴的父親延伸至經濟不景氣，小型工廠與本土企業懷抱美夢前進中國，最後發現一切只是泡沫；而將家暴詮釋成愛的母親，最後只將恨留給孩子。

最後一篇〈我也有翅膀〉血淋淋地寫出了校園階級的殘酷與霸凌者的殘酷，「功課好、長得漂亮又受歡迎的同學自然被歸為中心派，平凡的孩子成了中間派，功課一般、家境清寒的孩子便淪落成蠢貨派。如果運氣好，蠢貨派的孩子會因朋友的關係變成中間派。當然也有中心派和中間派的孩子淪落到蠢貨派的情況。」

想加入中心派的孩子，積極討好受歡迎的同學，請客、跑腿，被當成傭人也無怨尤。有些學生進入下一個學習階段的新團體（例如國中升上高中），假裝自己性格開朗、嬉笑打鬧，深怕墮回「蠢貨派」，一直勉強著自己過日子，看到班上排擠霸凌的問題，想視而不見又感到不安，若介入，又怕自己好不容易建立的形象毀於一旦。

殘酷揭露校園裡的「種姓制度」

我沒有經歷過嚴重的霸凌，只有國中時短暫地被排擠過，但因為學習成績很好，所以不覺得困擾，只是我也無法忘記當同學舉手告訴老師：「我不要跟諶淑婷分在一組。」當下那股委屈、羞憤之情。

我一邊讀這些故事，一邊問自己，到底當過幾次霸凌的旁觀者？因為每個故事都感覺似曾相識，只是非主角的我，隱約察覺了什麼，或是明知卻裝傻，自以為全身而退，但內心留下了幾道淺淺的傷，時不時問起，那個同學當時還好嗎？現在又過得如何？

作者殘酷地把校園裡的「種姓制度」全部揭露，她寫道：「學校的老大大多比同齡的孩子身材高大、有力氣、長得帥或是很漂亮。即使不是這種靠力氣的人，那些功課好或家境好的孩子也會擁有某種程度的影響力。除了同學，他們還會獲得老師的支持和認同，進而獲得僅次於老師的權力。」權力往往伴隨著暴力，不一定是行為暴力，也可能是口語的霸凌、排擠孤立，就在所有人的沉默中助長這樣的階級結構。

校園裡會產生階級，老師絕對是關鍵，學生能「仗勢欺人」是因為有刻意忽視，他們一邊說「有人被欺負要說」，卻對詭異的團體氣氛無感、假裝不知道某幾個孩子的影響力特別大，甚至藉此「管理」班級，讓「老大」真的變團體領導者。聰明的學生很快會發現，比起老師的權威，擁有權力任意妄為的同學更讓人害怕，即便施加暴力的學生可能只有兩三人，但害怕權力而沒有勇氣說「不」的學生可能是十幾、二十人。

我們不該只教育孩子成為「握有權力的人」

家長怎麼想呢？不管是家族或職場內，這些成人受委屈時憤懣不平，但當孩子班上發生霸凌事件，他們卻不一定會支持受害者，有時還反過來指責受害學生，因為這些成人已經習慣生活在只認可勝利者、名利就是力量、對暴力沉默的世界，就算長大後的自己沒有站在權力者的位置，他們也沒有想過，其實要從最早、最早的團體生活就開始杜絕階級制度、根絕校園暴力，停止以成績評斷學生價值；相反地，他們想的是「我要如何讓孩子成為握有權力的人」。

為什麼我們的孩子上學要苦惱這種問題？一個孩子幸福的時光太短暫了，無憂無慮的學齡前時光稍縱即逝，也沒留下多少甜蜜記憶。我常常在想，有多少進入校園的孩子，在開學那天覺得自己進入另一個世界，殘酷、競爭、只能陽剛不能包容弱勢，等到成年脫離學生身份，只希望忘掉所有校園記憶。

不是每個孩子都能功課好又聰明，但每個人都有幫助被排擠、受欺負的同學的能力！孩子不要成為霸凌者並不難，但對於他人受害要能感同身受並有所行動，其實很不容易，因為他們身邊充滿對兒童苦難視而不見的成人。

我希望，自己曾經沒有那麼無動於衷，沒有那麼膽小懦弱，當年的我沒有足夠勇氣，現在的我做的所有事，都有一個共同目的，希望每個人能接受與自己不同的人，在這個巨大的群體之中，能堅持個人意識與勇氣，相信每一天都能有所改變，所以讀完此書後，我寫下這篇文章，孩子的明天要比今天過得更好，世界的變化始於一個個渺小但被堅持下去的信念，要善良、要勇敢、要有指出不對勁的勇氣、要停止忽視、要相信眾人匯集的力量可以是善，而不是惡。

成長好評

輕輕帶過的玩笑話、單純以表象真實來論斷、無從辯駁的權力位階……這些自卑與無助，不知帶給多少年輕生命無法抹滅的傷痛，甚至對人性的失望。

從本書的故事裡，父母、師長、同儕與沉默的多數可以一同省思，一起從現在開始，多一分耐心傾聽原委，成為那個溫柔承接失落、擁抱並欣賞個別差異的關鍵人物！

——林上能（諮商心理師、曾任高中輔導教師）

在成長的歷程中，每個孩子——不管是霸凌者或被霸凌者——都有著重重關卡要過，幫助孩子認識、悅納，進而發揮自己，建立適當的價值觀，是我們大人責無旁貸的任務。透過本書細膩且多元地描繪，更能一窺孩子內心翻滾的世界！

——陳台瓊（萬華國中老師、一一一年師鐸獎得主）

學校是社會的縮影，校園暴力與霸凌事件也正是社會階級對立與權力鬥爭的延續，但因這樣的情況普遍存在，竟讓人產生一種人際相處常見、難免會發生的謬覺，而被默許，這是不對的！在充滿青春與希望的校園裡，不該有孤單的身影與悲傷的靈魂，身為教育工作者，如果能多些敏銳、願意多花些時間與學生相處、主動察覺並解決問題，是不是就能減少許多憾事，救回許多孩子？本書值得大家用心咀嚼，過程也許會跟著失落與悲傷，但結尾彷彿也能跟著作者一起，看到隧道盡頭那道光。

——黃國平（永安國小老師、一一一年師鐸獎得主）

懇求你讀這書，這比選舉切身。無論你是不是大人物，你一定曾是個學生，而學校裡的壓迫、歧視，始終都在，甚至傷害跟上一輩子。

面對惡事，請勿別開頭去，你無須揮動拳頭，但該細細定睛觀看，它必然在你的目光下縮小，不再作惡。麻煩你了，這不容易，但也沒想像的難，我們一起看，看著暴力，讓它沒力。

——盧建彰（導演、作家）

目錄

小丑與我——013
不舒服的真相——091
守護夢想的照相機——111
拳頭是謊言——143
我也有翅膀——173
作者的話——233

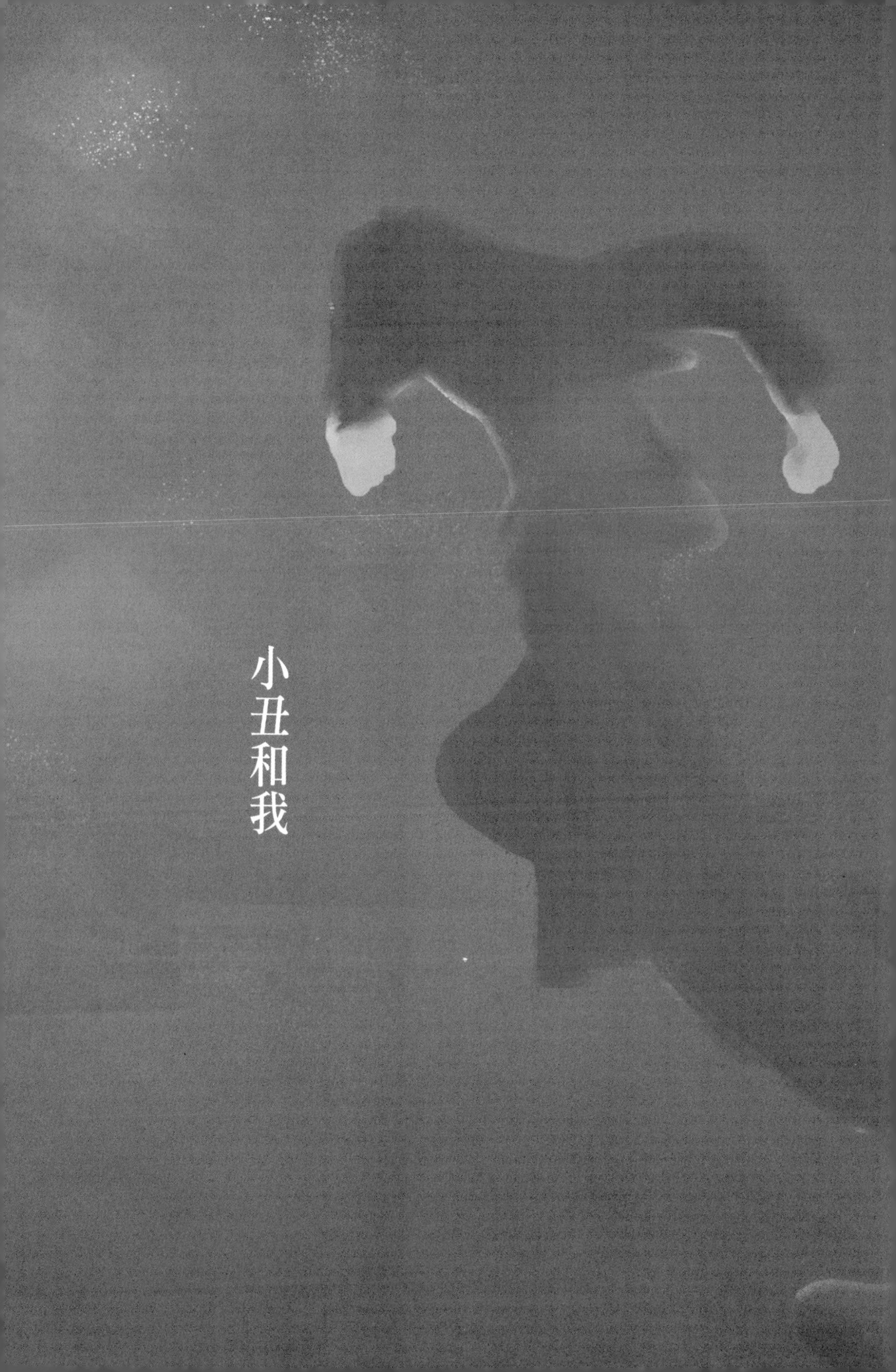

小丑和我

1

「你看，就只有綜合選拔制度。你先註冊一下『Edupot』[1]，再找找你們學校有哪些志工社團。我在家長會議上聽說，你們也可以自己創辦社團，只要校長批准就可以。」

我心不在焉地聽媽媽嘮叨了一個小時。高中生活還不到兩個月，媽媽就開始為我唸大學的事絞盡腦汁了。這都是因為升上高中後的第一次模擬考成績讓她大受衝擊，甚至徹夜難眠。從那時起，媽媽整天坐在電腦前，跑遍了所有大學招生說明會，最後得出的結論是綜合選拔制度。根據更改後的大學入學制度分析結果，若我想考入搭地鐵二號線就能抵達的大學，就只有這個辦法。為了以綜合選拔制度上大學，我就必須積累所謂的「資歷」，而其中一項就是參與志工社團的活動。我國二時在全校同學面前得過楷模獎，自那之後，媽媽便開始關注志工活動這件事。直到今天，她看著掛在客廳的楷模獎，還是會語帶可惜。

「真搞不懂為什麼國中得的獎派不上用場。教育監[2]等級的獎可是很不錯的資歷呢……你們高中沒有資源班嗎？」

我再也聽不下去了，猛地起身走回房間。媽媽追上來一邊敲門、一邊大聲喊叫，我乾脆摀住了耳朵。

明天就是政宇去世一周年的日子。政宇都不在了，我卻拿著靠他得到的獎狀計畫自己的未來。這樣好嗎？

這時，電話響了。是英其。

「嘿，好久沒聯絡了。」

「你過得好嗎？」

「還好，你呢？」

「我快憋死了。雖然唸男女合校，但談戀愛就會被退學。」

這的確是對女生特別感興趣的英其會講的話。

「善奎啊，明天是政宇的忌日。」

我很意外，沒想到英其會先提起政宇。政宇走後，不光是英其，所有人都沒有再提起政宇。當然，我也是。

「你還記得啊。」

「突然想到而已……我們真的好殘忍。」

我懂英其這句話的意思。

---

1 Edupot為韓國教育部開設的網站，主要功能為管理學生在學的活動紀錄，內容由學生自行上傳，經教師批准後，做為高中、大學入學的申請資料。

2 為韓國各道、特別市及直轄市教育委員會的執行長。

「是啊。」

「我是想問你，明天會不會去追思園？」

我遲疑了一下，然後反問：「那我們一起去吧？」

「好啊，其他人不會想去嗎？」

「應該不會。」說完，我掛上電話。

不徹底掌握我和誰傳訊息、打電話就不會善罷甘休的媽媽在門外大喊：「誰啊？你要去哪裡？」

難不成她耳朵戴了竊聽器？怎麼隔著門也能聽得一清二楚？

我不想再被她糾纏下去，只好回了一句：「英其啦。」

聽到是英其，媽媽的聲音立刻變得溫柔。

「啊，那個唸國際高中的孩子？你要跟他去哪？」

「他想跟我見個面聊聊。」

媽媽邊敲房門邊說：「那我允許你明天外出，但我們先把剛才的事講完。」

「以後、以後再說吧。」

我緊鎖房門，坐在書桌前，然後點開存在電腦檔案夾中的，政宇的日記。雖然我從政宇媽媽那裡收到ＵＳＢ後，把檔案存進了電腦裡，但始終沒有勇氣看那些日記。好幾次，我點開檔案夾，猶豫了半天要不要看，最後還是關掉了。與此同時，關於政宇的記憶也一起關掉了。教室最後一排的政宇的書桌很快就被清走，不光是我，其他同學也很快地忘了政宇。

事實上，我並沒有忘記政宇，只是把關於他的記憶放進抽屜的最下面而已。每當我從抽屜裡取出其他記憶時，只要看到一絲關於政宇的記憶，便會立刻關上抽屜。我不想像多愁善感的女生一樣抹眼淚，也不想因為已經離開的朋友而鬱鬱寡歡。政宇不過是我國中時的一個朋友而已，對我而言，他也不是一個特別的朋友。但奇怪的是，我心裡的某一個角落總是感到很沉重。即使是在跟大家踢足球時、玩得很開心的瞬間，我也會捫心自問，我有資格這麼開心、幸福嗎？

我這樣並不是因為政宇。但在某一天，我突然意識到，看到掛在客廳的楷模獎時心卻很難受。這成了我平時刻意不去看那面牆的原因。升上高中後，每當交到新朋友時，我總是會很在意儲存著政宇記憶的那個抽屜。

現在，我決定打開那個抽屜了。

2

政宇的日記是從我認識他的前一天開始寫的。

二〇〇九年三月一日

我有筆電了。舅舅買給我一臺筆電。從今天起，我要認真寫日記，因為舅舅告訴我，想成為作家，就必須認真寫日記。

二〇〇九年三月二日

「喂！傳球，傳球！」

「政宇，接住。」

「ＯＫ！」

我接過哥哥傳來的球，然後快速地突破對方的防線，來到球門前用力一踢——

「進了！進球了！」

我高舉雙手，在綠色的草坪上奔跑，與迎面狂奔而來的哥哥抱在一起。我們用手指比出ＹＡ的手勢，揮舞著雙手，繞著球場跑了一圈。在場的人都為我們鼓掌。隊友朝我們跑來，抬起了哥哥。我知道他們是要把哥哥拋向空中，但就在這時，突然有人喊了一聲：「都閃開！」大家紛紛往後退去，只見哥哥從空中直接摔在了地上，摔得粉身碎骨。

我朝他大喊：「哥！哥！」

但某處傳來了笑聲。我醒來，發現自己人在學校，原來我在社會課上睡著了。大家笑得直跺腳。有什麼好笑的？真是丟死人了。幸好社會老師要善奎把我帶到外面。善奎問我是不是作了惡夢，他溫柔親切的安慰了我。

善奎的聲音很低，略帶鼻音，很有魅力。我很開心善奎講了安慰我的話，幸好那是一場夢而不是現實。我非常害怕哥哥真的從空中掉下來摔死，但我的腦海裡卻一直揮不去自己在綠色草坪上奔跑的樣子。在夢中，我有一雙結實、跑得很快的雙腿。但在現實中，我的雙腿很僵硬、而且不能動，就連腳趾也無法動一下。看著自己向內側彎曲的腳踝和扭曲的腳背，我真想回到那場夢裡。

下課後，我在門口等障礙者接駁專車時，看到善奎和大家在踢足球。善奎跑得快，運球的動作也很快。善奎運球時，沒有人能搶走他腳邊的球，他卻能很快搶走對方運的球。比起射門得分，善奎更喜歡把球傳給同伴。他運球的技巧太棒了，我把自己想像成是他在觀看著比賽，有趣極了。

我很喜歡善奎，真的很喜歡他。幸好老師把我和善奎分到了一組，如果他不是我的小幫手而是朋友的話該有多好呢？但我無法成為他的朋友，因為我無法為他做任何事。這讓我非常難過。

我第一次見到政宇是在國中入學典禮上。在三百五十名新生中，只有政宇一個人坐在輪椅上，所以非常引人注目。新生穿制服的樣子看起來很不自然，政宇更是如此，深藍色制服襯托著他白皙的臉。政宇在資源班老師的陪同下站在隔壁班的隊伍中，我很慶幸沒有跟他同班。我這樣想並沒有什麼特殊理由，只是對坐輪椅這件事本身覺得很有壓力。一年級時，政宇在隔壁班，我們只在廁所遇過一次。但那一次的記憶讓我很羞愧，所以之後一直避免遇到他。

再次遇到政宇是在二年級同班時，老師為了方便政宇使用輪椅，安排他坐在教室最後一排，偏偏坐在了我旁邊。那天剛好老師要選一個人當政宇的小幫手，坐在他旁邊的我也無法置身事外，只好舉起了手。

「哇，好厲害！李善奎，你真棒！」同學們調皮地起著鬨。

第一堂課結束後，政宇用相當細微的聲音對我說了聲：「謝謝。」

政宇的小幫手要做的就只是上數學和英語課時，把他送去資源班，然後再接他回來，以及午餐時間送他去餐廳，再接他回來。資源班有班導師和助教，餐廳也有其他人幫忙。如果政宇突然想上廁所，我就要趕快把他送到資源班老師所在的一樓。我扮演的角色就只有這些，所以一點也不難。只是下課後的個人時間縮短了。關係再好的朋友如果下課時間不湊到一起也會變得疏遠，所以我險些被退出足球和籃球隊。為了維持與其他同學的關係，我會利用午餐時間和放學後踢足球或打籃球。

班上的同學幾乎都對政宇漠不關心。有幾個一年級和政宇同班的同學會皺眉頭，說他身上總有一股尿騷味，不過他們並沒有當著政宇的面這樣講。

認識政宇之前，我對肌肉疾病一無所知。雖然我自願擔任政宇的小幫手，但從沒好奇過他為什麼要坐輪椅。我第一天送政宇去資源班時，老師遞給我至少十多頁的影印紙，並對我說：

「政宇罹患的是裘馨氏肌肉失養症，你可以看看這上面寫的內容，會對幫助政宇很有幫助。」

我讀完紙上的內容後，大致理解了「裘馨氏肌肉失養症」是一種稱之為肌肉萎縮症的罕見疾病，是一種全身肌肉會逐漸麻痺，最後連心臟的肌肉也會麻痺的疾病。很多罹患這種病的人會在二十歲左右死亡，因母體遺傳的關係，兄弟姐妹也有罹患該疾病的可能性。我後來得知，政宇的哥哥也因為同樣的疾病躺在家中。讀完這些內容後，我反倒很後悔，不該那麼輕易地舉手了。政宇跟不上學校的課程，特別是數學和英語還要到資源班上課，就連社會和國文課也常常看到他坐在那裡發呆。雖然他很努力看著老師在黑板上寫的內容做筆記，但字跡十分潦草，而且似乎根本不理解老師在講什麼。

政宇讀了很多放在資源班書櫃裡的童話書，有幾本是我國小時讀過的書。偶爾我跟政宇聊起書中的內容，他都特別開心。有一天在道德課上，政宇害羞地說自己的夢想是當作家。如果自己能活過二十歲，希望能成為童話作家或編劇。資源班的老師偶爾會謝謝我跟政宇當好朋友，還拜託我多跟政宇聊天。但好朋友這個詞讓我很不自在，因為我只把自己當成政宇的小幫手而已。

因為裘馨氏肌肉失養症，政宇的脊椎彎向了右側，臀部一點肌肉也沒有。即使如此，他還是要以同樣的姿勢坐在輪椅上一整天，所以也需要別人幫忙稍稍調整坐姿。我會把雙手伸到政宇的腋下，架起他的身體，然後其他同學會把一直壓在某一邊的坐墊調整位置。每當這時，政宇都面無表情，他從不向我表露自己的想法，看上去就像一個沒有感情的孩子。我偶爾會很好奇，他是如何看待自己的疾病，又對自己的病情了解多少。但我覺得這種問題似乎對他是一種痛苦，所以從沒開口問過。

3

二〇〇九年三月二十一日

接駁車停在我家門前的小巷裡，車門打開時，我看到超市那側的花壇開滿了蒲公英。這幾天天氣很暖和，黃色的蒲公英全部盛開了。我開心極了，甚至有股想丟掉輪椅、走在小巷裡感受春天的衝動。司機叔叔把我推到人行道上，卻不見媽媽，司機叔叔只好把我送回家。我最討厭遇到這種事。如果我也有電動輪椅該有多好，就不用麻煩人家了……

回到家，聽到哥哥不停在喊媽媽。最近哥哥的脾氣越來越暴躁，總是跟媽媽吵架。有時，我真的厭倦了他們互相發脾氣、大吵大鬧。但我的未來也有可能和他們一樣，所以我很害怕。

哥哥幾乎是在哭喊著媽媽，大概是因為紙尿褲，於是我藉助臀部的力量爬到他房間。我吃力地打開門，一股刺鼻的尿騷味撲鼻而來。哥哥就像跑了很久的人似的喘著粗氣，他要我幫他翻身。我抓起他的手臂和側腰抬起他，只見像套在木頭上的內衣上沾滿了血和膿水。哥哥因為褥瘡吃了不少苦，雖然媽媽每天幫他消毒、洗澡，但始終不見好轉。

哥哥看了我一眼，深吸一口氣道：「政宇啊，那個任天堂給你了，還有那些粉臘筆和粉彩紙。」

那些都是哥哥非常珍愛的東西。幾年前哥哥還能趴著的時候，他會在家裡畫畫和摺紙。雖然已經好幾年不能畫畫和摺紙了，但他還是不喜歡我碰那些粉臘筆和粉彩紙。現在哥哥竟然要把這些東西給我，恐懼油然而生。我記得在電視上看到有人說，如果人做出反常的舉動，代表他會馬上死掉。我很害怕，哥哥卻一直催促我拿走那些東西。我只拿了他再也不能用的褪色粉彩紙和粉臘筆，想等以後再來拿舅舅送他的任天堂。哥哥卻對我發起脾氣，無奈之下，我只好也拿走了任天堂。

媽媽從中醫院針灸回來後又跟哥哥吵了起來，媽媽今天似乎特別生氣。看到她突然這樣，我傷心地哭了。

那時無論是上課還是休息時間，政宇都在擺弄最新型的任天堂。因為當時還沒有幾個人擁有任天堂DSI，所以我很擔心。

「政宇啊，你那個東西，最好別在同學面前玩。」

政宇不解地歪了一下頭。

「那遊戲機大家都想玩，再說，萬一被『小丑』看到怎麼辦？」

政宇回說：「小丑？無所謂啊，那個卑鄙的傢伙。」

我被政宇脫口而出的話嚇了一跳，他不顧我的勸阻，一直在玩遊戲機。老師也不管政宇在課堂上做什麼，真不知道這是對他的格外照顧還是漠不關心。每當看到沉浸在自己世界裡的政宇，我都覺得他像大海中的一座孤島。

果不其然，政宇拿著遊戲機玩沒多久，小丑就來挑釁他了。

「喂，愛人，任天堂拿來給我瞧瞧。」

小丑叫政宇「愛人」，因為「愛人」和「障礙人」的「礙人」同音。

「不要。」政宇把任天堂藏到書桌下，搖了搖頭。

「不給？趕快交出來，那是DSI？」

「不要，這是我的東西。」

「誰不知道是你的東西！給我瞧瞧，你拿的是最新型的遊戲機吧？在哪買的？網路上買的？」

小丑見政宇低著頭不作聲，用手掌拍了一下他的頭頂。

「裝聾作啞是吧？」

小丑一隻手抓住政宇的後頸，另一隻手搶走了遊戲機。

「你這個王八蛋！那是我的！還給我！」

聽到政宇大喊，小丑突然拽住政宇的輪椅往後拉倒。小丑故意把政宇放倒，他知道這麼做，政宇就動彈不得了。

「你說什麼？王八蛋？你現在是連腦袋也麻痺了嗎？」

小丑用遊戲機戳了兩下政宇的臉。政宇哭了，但沒有人敢上前阻止小丑，我也只是愣在原地。

「喂，趙赫，你太過分了，快住手！」

出面制止小丑的人是班長。

小丑扶起政宇的輪椅說：「我只是想看一眼，可這傢伙竟然把我當成小偷。」

「你不要再鬧了。」

聽到班長不耐煩的口氣，小丑這才收手。小丑是全班公認的老大，卻不敢反抗班長。班長不僅是全校第一、二名的優等生，從小還學過劍道和柔道，身材非常魁梧、結實。看到小丑只看班長的臉色，真教人作嘔。我不記得大家是從什麼時候開始叫趙赫「小丑」的，也許是因為他長得很像電影《黑暗騎士》中的反派角色小丑，又或者是因為趙赫的發音和小丑的英文JOKER相似，才有了這個綽號。

這個綽號很適合他，他本人似乎也很喜歡大家這樣叫自己。小丑是學生會的人，早上負責在校門口檢查制服的學生會成員中，他特別顯眼。雖然他不高，身材也不算魁梧，卻不知為何整個人散發著很難惹的氣息。聽一年級和他同班的同學說，其實他力氣不大，但是生起氣來誰也攔不住，還很會記仇，大家都不敢惹他。在體育老師和嚴厲的男老師眼裡，小丑是個很有男子漢氣概且幽默的學生，但在女老師眼中，他就是一個擾亂課堂氛圍的搗蛋鬼。

小丑私下會欺負像政宇一樣弱勢的同學，但他每次都狡辯說自己只是開玩笑。如果不小心被趙赫揮舞的拳頭打到流鼻血，也只能自認倒楣；小丑搶走別人的運動服，害運動服的主人穿著制服在體育課上罰站，也只能說那個人太不走運。每次看到這種事，我都氣得咬牙切齒，卻從沒上前阻止他「不要這麼做」。我不怕小丑，但不知道為什麼，就是不敢阻止他。

雖然班長出面後小丑沒再欺負政宇了，但也沒把遊戲機還給他。政宇垂下泛淚的眼簾，沒再說話。我為了送政宇去資源班推著他走出教室，小丑跟上來警告我們：

「喂，愛人，你要是敢跟資源班的老師告狀就死定了。李善奎，你也是。」

政宇停止了哭泣，他白皙的臉龐看起來更加蒼白。走進電梯後，政宇抬頭看著我說：

「對不起，都是因為我……」

政宇的話令我心頭一緊。被小丑欺負的人是他，他卻向我道歉，我的臉瞬間脹紅。那天，小丑在數學課上玩遊戲機被老師發現，直接沒收了遊戲機。

小丑看到從資源班回來的政宇，若無其事地說了一句：「對不起啊，我會幫你要回來的。」

二〇〇九年三月二十二日

今天在學校真是倒楣透了。昨天哥哥送我的任天堂被小丑搶走，結果被老師沒收了。

善奎勸我不要拿遊戲機出來玩，以免被別人搶走。但其他人也都把遊戲機帶到學校來玩，為什麼我就不能玩？善奎的話傷了我的自尊心，心情很糟。

小丑從我手中搶走遊戲機時，沒有人站出來幫我。善奎的個子比小丑還高，運動也比他好，但他也一聲不吭。其他同學也是，大家好像都很怕小丑。有的同學會在背後講小丑的壞話。我整天坐在位置上，可以聽到大家在講什麼。我明明坐在那裡，但他們都當我不存在，各自說著自己的祕密。說小丑壞話的人也跟他們一樣，大家都以為我沒有耳朵、沒有想法。

同學們都說小丑是仗著有學生會的老師撐腰，才肆無忌憚地欺負大家。他們明知道原因，卻不敢在小丑面前講一句話。善奎也和他們一樣。如果我有善奎的身高和力氣，一定會在小丑惹事生非前制伏他。為什麼那些比我力氣大又身體健全的人明知是非對錯，卻在小丑面前一聲不吭呢？

大家都是白痴，都是膽小鬼。

4

木蓮花盛開、櫻花的花蕾綻放的時候，政宇沒有來上學。晨會上，老師告訴大家政宇的哥哥去世了。我的腦子一片空白。失去家人是什麼感覺？更何況是失去和自己罹患相同疾病的哥哥。我難以想像此時的政宇的感受。

老師對我說：「明天政宇來上學，你好好安慰他一下。資源班的老師說多虧了你，政宇變得開朗多了。老師很傷心，真不知道可以為政宇做什麼。」

我能為政宇做什麼呢？我試著想像假如是我的哥哥去世了，我會怎麼樣。如果哥哥去世了，媽媽就會停止拿我和哥哥做比較嗎？如果沒有了哥哥，我就沒有可以傾訴苦惱的人，也沒有陪我一起去汗蒸幕的人了。如果失去了哥哥，在媽媽嘮叨我要用功唸書的時候，就沒有幫我講話、說成績不代表一切的人了。如果哥哥死了，就沒有人陪我在家玩遊戲，也沒有人跟我搶東西吃，更沒有人陪我星期天早上去打籃球了。可以肯定的是，失去哥哥是我無法承受的悲傷。

二〇〇九年四月十一日

哥哥去天堂了。

媽媽和舅舅把哥哥帶走了。

媽媽走後，四周傳來了風的聲音，彷彿家裡破了一個洞。明明是春天，卻好冷。仔細想想，好像是我的心裡破了一個洞。為什麼不是身體破洞，而是心裡呢？如果是身體破洞就好了，那我就可以像洩了氣的氣球那樣，只剩下一層皮。我無法控制自己不去想哥哥死去時的樣子，我真不該見他最後一面。

媽媽要我見哥哥最後一面時，我其實很不情願。但我知道如果不去見他，日後肯定會後悔。我來到哥哥的房間，滿屋子充斥著尿騷味和消毒水的味道。哥哥只穿著內褲躺在床上，他的肋骨清晰可見，從肩膀到骨盆彎曲得如同一條擰著的毛巾。他的左腿繞在右膝蓋上，整個身體骨瘦如柴，所以頭顯得特別大。如同安全帽般蓬鬆的頭髮和蒼白的臉龐映入了我的眼簾。

媽媽說：「政宇啊，趕快跟哥哥打聲招呼吧。雖然他快不行了，但還能聽到我們講話。」

我握住哥哥的手。他的手只剩下硬硬的骨頭，蒼白的皮膚就像包裹骨頭的包裝紙。我淚如雨下，不知道該對他說什麼。

舅舅來了後，問道：「什麼時候走的？」

「一個小時前。我去給人送剝好的大蒜，回來一看……昨天他跟我鬧了一整晚的脾氣，一會要往這邊躺，一會又要往那邊躺，我就訓斥了他一頓……他這幾天都沒好好吃飯，今天早上給他煮了粥，結果整碗都吃光了。」

舅舅邊聽邊流下了眼淚，媽媽卻沒有哭。她好可怕。媽媽說眼淚早就流乾了，但是哥哥死了……她是在忍著不哭嗎？還是根本就不難過呢？媽媽總是說哥哥快走了，上次舅舅來的時候，她也是這麼說的，阿姨來的時候也是。

我知道，早晚有一天我也會像哥哥一樣死掉。我好害怕那時候只剩下自己一個人。我希望在變成哥哥那樣以前就死掉，不，我不想像哥哥一樣。

哥哥有多恐懼呢？如果我陪在哥哥身邊，他應該不會那麼害怕吧。我覺得很對不起他。哥哥從未做過壞事，但就這麼死了，我卻對哥哥做了壞事。

兩天後，來上學的政宇臉色十分蒼白。上體育課時，我沒有把政宇送去資源班，而是帶他來到體育館旁栽有櫻花樹的小花園。正值櫻花盛開之際，小花園裡瀰漫著淡淡的櫻花香氣。

「好香喔。」

政宇在樹下抬頭仰望了櫻花良久。每當起風時，櫻花花瓣便會飄落到政宇的額頭和鼻樑上。片刻之間，政宇的肩膀、手臂和膝蓋上也落滿了白色的花瓣。

「我希望在櫻花盛開的時候死掉。我躺在地上，好讓雪白的花瓣蓋滿我的全身。我哥在一天之內就火葬了，聽說火葬的時候，連死人都會被燙醒。」

我無言以對，正在思考該說點什麼時，政宇接著說：

「我哥一定去天堂了。他從未做過壞事，因為從七歲起他就一直躺在床上了。他肯定去了天堂。」

我終於擠出一句話：「嗯，他一定去了天堂。」

我無法開口問他有多傷心，也不敢問他哥哥於他是怎樣的存在。我甚至連教他不要傷心的話也說不出口。因為我擔心要是政宇哭了，我不知道怎麼辦，所以只是默默等待他平靜下來。

「我們回去吧。」

聽到政宇這麼說，我才鬆了一口氣。

二〇〇九年四月十三日

今天在學校我也一直想著哥哥。想到哥哥，眼眶就紅了，但我忍住沒哭。白天在櫻花樹下時，我差點哭了出來。看到淡粉色花瓣之間的藍天，我更難過了，因為哥哥從沒看過那樣的藍天。

哥哥八歲時，我們住的這區建起了住宅大樓，所以從他房間的窗戶只能看到大樓。自從那時起，哥哥有了每天詢問天氣的習慣。但從某一天開始，他再也不問了。哥哥去的天堂也有春夏秋冬嗎？他在那裡會看到藍天嗎？

二〇〇九年四月十四日

我很好奇哥哥火葬後骨灰放在了哪裡，但我不敢問媽媽。今天她跟住在大田的阿姨講電話時，我才聽到她把哥哥的骨灰倒在了火葬場後山上的骨灰箱裡。

「安置在靈骨塔做什麼？誰會來看他？等政宇走了，我也會跟著他走的。誰會記得我們？沒有人會來看我們，安置在靈骨塔有什麼用？坦白講，妳會來嗎？妳也有孩子……把他撒在那裡，是想讓他忘掉這世上所有的記憶，自由翱翔。」

聽到媽媽的話，我的眼淚奪眶而出。我強忍著淚水，肩膀卻一直抖個不停。如今哥哥從這個世界上消失得無影無蹤了。我好難過。

哥，一路好走。對不起，我不能去看你了。

政宇在日記裡袒露心聲，說自己在哥哥走後非常傷痛，但當時他在學校卻和往常一樣，對任何事都沒有興趣，上課、去資源班和廁所時也是一臉漠然。我以為政宇的心和他的身體一樣變得越來越僵硬，因為與我的感情不同，所以沒有那麼傷心。也許我是覺得，那樣想自己才會好受一些吧。

5

小丑似乎真的是為了惡作劇尋開心才故意欺負政宇的。小丑忘記帶課本或文具來上學時，就會很理所當然地拿政宇的來用。因為就算政宇沒寫作業、沒準備文具，老師也不會說什麼，小丑才如此肆無忌憚。每當這時，政宇只能哭或發脾氣。坐在政宇旁邊讓我越來越有壓力，除了為他推輪椅，我幫不上任何忙，這讓我產生了自愧感，但我也沒有那個膽量把小丑的種種野蠻行為告訴老師。

就在我決定以功課為藉口放棄做政宇的小幫手那天，第六堂課結束後，我準備帶政宇去上廁所，小丑突然跑來說要坐一下政宇的輪椅。

政宇慌亂地看向我，我鼓起勇氣說了一句：「政宇要去廁所。」

「我知道，我只坐一下下。」小丑說著，一把抱起政宇，把他放在我的椅子上。

小丑坐在輪椅上，自己覺得很有趣，哈哈大笑起來。政宇哭喪著臉，我則提心吊膽地站在原地。

小丑問政宇：「愛人，我看電視上的輪椅都能轉圈圈，你這個也能嗎？」

政宇眼裡含著淚說：「我沒試過。我要去廁所。」

「趙赫，你快下來，我要帶政宇去上廁所。」我的語氣近似請求。

「知道啦，知道啦，不就是一臺輪椅，有必要這樣嗎？連開個玩笑都不行。」小丑嘟囔著從輪椅上站起來。

我立刻抱起政宇放到輪椅上，然後快速跑向電梯。

自從國一發生過「那件事」後，政宇就再也不願意去一般同學使用的廁所了。當時我覺得自己實在倒楣，偏偏親眼目睹了那件事。但幾個月後，我就跟政宇和小丑同班了，不禁覺得也許這就是命運吧。

那是進入晚秋後突然降溫的一天，我吃完午飯去上廁所，但氣氛有點奇怪，從廁所走出來的人表情也很不尋常。我急著上廁所，所以沒多想就走了進去，只見三、四個人圍著輪椅上的政宇，其中一人手裡拿著像水壺一樣的塑膠瓶，不懷好意的笑著。

「喂，你腿麻痺了，那裡也麻痺了嗎？怎麼那麼小啊。」

政宇一聲不吭，只是抖著肩膀哭。我瞬間便明白發生了什麼事，於是趕快走出廁所、跑去找資源班的老師。隔天，小丑和其他三個人搶走政宇小便器的事情傳了出來。資源班老師說這是性騷擾，必須嚴懲那些同學，奇怪的是，學校卻把這件事給壓了下去。自那之後，政宇再也不去一般同學使用的廁所了。那天我沒看到政宇的表情，也沒聽到小丑說了什麼，但光憑我走進廁所時聽到的那一句話就可以確定，那是性騷擾。那時我明白了——學校不會幫助弱勢的孩子。但也只有這樣而已，我不是政宇，所以我很快便忘了那件事。

我和政宇一起進電梯，在電梯門關閉的瞬間，政宇哭了，只見小便從輪椅下流了出來。我很驚慌，趕快按了關門按鈕、然後打給資源班的老師。電梯到了一樓，就看見老師等在門口。

政宇在老師幫助下換好了衣服，但他嚷著要回家。但還沒到放學時間，沒有接駁車來接政宇。在班導師的同意下，我決定送政宇回家。我推著輪椅走在路上，政宇一直垂著頭。從學校到政宇家徒步只要十五分鐘，明明是春天，但天氣十分炎熱，無論是推著輪椅的我，還是坐在輪椅上的政宇都汗流浹背。人行道的地磚凹凸不平，時不時就會卡住輪椅的輪子。雖然分隔車道與人行道的臺階中有為了方便腳踏車和輪椅上下的低臺階，但很多都被汽車等障礙物給堵住，所以政宇很難獨自坐輪椅移動。

政宇住在從我家的公寓可以俯瞰到的獨棟住宅，雖然房子很舊，但院子很大，圍牆前的花壇裡還有柿子樹和棗樹。從大門到簷廊有一段石階路，政宇無法一個人移動。雖然他喊了媽媽，但家裡似乎沒有人，於是我抱起政宇，把他放在簷廊上。

政宇覺得很不好意思，紅著臉說：「謝謝。你不進來坐一下嗎？」

政宇用懇切的眼神看著我，所以我說不出口必須回學校，而且放學後還要去補習班。我點了點頭。

「你等我一下。」

政宇坐在地上，用手支撐著地面移動到浴室。我不由自主地跟在他後面幫他開了門，但政宇不用幫忙。我從門縫看到為了方便政宇使用，蓮蓬頭和水龍頭都裝在很低的位置，他一個人洗完澡出來後，提議一起玩遊戲機。他從放在電視下的盒子裡取出桌球遊戲機和棒球遊戲機，我隱約看到還有壞掉的掌上型電玩和電視遊戲機。

政宇害羞地說：「我一個人玩，所以只能玩這種遊戲，還有棒球遊戲。玩這種遊戲至少還能動一動手……你要玩玩看嗎？」

那天我照政宇教的，揮舞了幾下桌球拍和棒球棒。

「你在家裡只玩遊戲嗎？」

「嗯。」政宇又小聲補充了一句：「我還會寫故事。」

「寫什麼故事？」

「像我一樣生病的孩子的故事。」

雖然政宇回答得很害羞，但看起來十分幸福。

政宇的媽媽直到太陽落到公寓的另一邊才回來，她看到我，大吃了一驚。

政宇說：「媽，這是我同學。」

「同學？」阿姨像沒聽懂似的反問了一句。

「是，我是政宇的同學。阿姨好，我叫李善奎。」

我打了招呼後，政宇的媽媽還是一臉詫異。我在學校見過幾次政宇的媽媽，但從沒見她笑過。

阿姨面無表情地問：「你家住哪裡啊？」

「那邊的東仁公寓。」

「是喔？」

不知道她在懷疑什麼，上下打量著我。

政宇幫我解圍說：「媽，善奎的功課很好，排在全校二十名以內呢。」

「是喔？」

「嗯，而且他體育也很好，還很善良。」

阿姨依舊面無表情地說：「是喔，謝謝你來我們家，以後常來玩吧。」

走出政宇家後，一種奇妙的感覺油然而生。彷彿只有我一個人窺見了無人知曉的政宇的世界，我產生了恐懼感，擔心自己是不是與他走得太近了。

自那之後，我每週三都會去政宇家玩。我跟補習班的老師謊稱每週三要去教會，然後騙媽媽去補習班用功。我在政宇家能做的就只有打電動和看漫畫。政宇問我看過什麼書，但我看的書並沒有他多。政宇常會聊起一位名叫權正生的作家的書，他說感覺那位作家筆下的人物和自己很像。

政宇偶爾還會提起自己小時候，但多半都是國小四年級前還能走路時的事。講完自己的事情後，他還會問我關於朋友、家人、足球和棒球的事。有時他問的那些問題瑣碎到會讓我驚慌失措。比如，夢遺是在什麼時候？喜歡什麼樣的女生？有時，政宇還會問一些連我都沒有想過的事。每當這時，我都很不知所措，不知道該對他坦白到什麼程度。偶爾，我還會因為他過於追根究底而感到厭煩。

二〇〇九年五月二十日

今天善奎也來了。他今天也跟媽媽說謊，然後來陪我玩了。善奎在我家看電視、打電動、看漫畫，偶爾也會聽我講自己的事。我喜歡善奎聽我講話時看著我的眼神，但我心裡也會想，如果他也能講自己的事給我聽就好了。我想聽他講和同學一起踢足球的事，還有打籃球和棒球的事。不知道他有沒有女朋友，好想知道他喜歡什麼樣的女生，還有他那個功課非常棒的哥哥的事。

我也想去善奎家作客，他家住公寓，我想去公寓看看。如果我們家也住公寓就方便多了。但善奎不聊自己的事，也許是因為他有很多好朋友的關係吧。我很想成為善奎的死黨，但我知道這是不可能的，所以我在心裡壓抑著這種想法，像唸咒語般的告訴自己：「李善奎只是我的小幫手。」

政宇聊起金敏智就是在那段時間。

「李善奎，你認識她嗎？」在視聽室裡，政宇指著某個同學問道。他指的是女二班的一個同學。

「她？嗯，好像在哪裡見過……」

「她是我們資源班寶美的小幫手，上次她問了我關於你的事。」

「金敏智嗎？」

「嗯。」

「問什麼？」

「我不記得了，反正就是問了你的事。」

我想起來了，金敏智和我在同一間教會，之前在一個名為聖文森特德保羅會的幫助障礙者團體裡見過她。當時我沒有注意到她，因為她長得並不出眾，也沒做出什麼引人注目的舉動，而且我也沒有積極參與活動，所以幾乎跟她沒有直接的接觸。政宇突然問起金敏智，我感到很困惑。

「她好像喜歡你。」

聽政宇這麼說，我大吃一驚。

「什麼意思？」

「好幾次我都看到她在走廊看你。」

「我對女生沒興趣。」

「騙人。哪有男生對女生沒興趣的？」

我作夢都沒有想到政宇會講出這種話。

「你有興趣喔？」

聽到我的反問，政宇突然脹紅了臉：「男生對女生沒興趣才奇怪吧！」

二〇〇九年五月二十六日

金敏智來了。金敏智挽著崔寶美的手臂輕盈地走了進來。金敏智是二級視障崔寶美的朋友，她在女二班，個子高高、肉肉的。有男生說她胖得像豬。我好討厭男生議論女生長得胖、長得醜。雖然金敏智長得沒有金泰熙那麼美，但很有魅力。而且比起金泰熙，我更喜歡全智賢。

金敏智長得很像全智賢，但她沒有全智賢那麼高，也沒有留長髮。不過她的聲音很好聽。我問過崔寶美，金敏智唱歌好不好聽。她說金敏智好像不太會唱歌，但她在教會彈鋼琴。崔寶美、金敏智和善奎在同一間教會，我也很想去。為了多了解金敏智，我看過她的臉書，但她的照片和日記只限朋友可見，我不敢隨便加她好友。好想拜託善奎帶我一起去教會，但我很擔心善奎也喜歡金敏智，幸好他不認識她。

有一天，政宇扭扭捏捏地問道：「善奎啊，如果有一個你不認識的女生加你臉書好友，你會加她嗎？」

「不知道，我沒想過這種問題。」

「那你和金敏智是臉書好友嗎？」
「金敏智？」
「嗯，就是你們教會的那個女生。」
「啊，她啊，我跟她一點也不熟。」
政宇聽到我說跟金敏智不熟時，流露出失望的神情。我心想，等週六參加感恩聖祭再去認識一下金敏智好了。自從唸國中後，我就很少參加學生部的感恩聖祭了，只被動地跟家人一起參加週日的感恩聖祭。
感恩聖祭結束後，學生們三三兩兩的聚在一起聊天，我鼓起勇氣走到金敏智面前。
「那個，金敏智，我們能聊一下嗎？」
站在她旁邊的三、四個女生同時看向我，我覺得很尷尬。
金敏智一臉不置可否地問：「為什麼？」
我不知道該如何開口。
見我猶豫不決，金敏智先開了口：「你是李政宇的小幫手吧？」
「嗯。」我在慌張之中回答道。
金敏智一臉不太高興，冷冷地說：「他好奇怪。」
慌張的我結結巴巴地問：「哪、哪裡奇怪？」
「他很常來看我的臉書。你告訴他，不要再來看了。我下載了可以查看瀏覽紀錄的軟體，你叫他不要再像跟蹤狂一樣來看我的臉書了。」

我愣在原地，啞口無言。

經過幾天的深思熟慮後，我才開口對政宇說：「政宇啊，那個，金敏智和我們教會的一個高中生在交往。」

政宇看著我。

「為什麼要告訴我這件事？」

「不是，我看你總是誤會我和金敏智。我對她不感興趣，她也對我沒興趣，但她跟別人交往這件事是祕密喔。這件事是我們教會一個跟我很好的朋友告訴我的。聽說她男朋友很可怕，只要發現有人對金敏智有好感，就會跑去恐嚇人家，所以你不要再誤會我喜歡她了。這可是祕密，絕對不能說出去喔。」

原本表情黯淡的政宇突然開心地問：「祕密？」

「嗯，只有你知我知的祕密。這件事要是傳出去，別人就會知道是我講出去的。」

「嗯，知道了。善奎，謝謝你把這個祕密告訴我。」

二〇〇九年六月三日

今天，善奎第一次告訴我了祕密。金敏智跟他們教會的高中生在交往。金敏智和誰交往都無所謂，我還是會在心裡喜歡她。反正我不能和她交往，也不想跟她交往。不，不是不想跟她交往，而是不能。所以，我只能永遠在心裡喜歡她，把她放在心裡了。金敏智喜歡別人，我很難過，但我的愛不會因此改變。小說和電視劇裡的愛情都是這樣。我會用這份愛來守護這個祕密。

善奎告訴我祕密，我開心極了。現在我和善奎有了只屬於我們兩個人的祕密。

6

政宇和我漸漸習慣了彼此。我習慣了政宇幾乎沒有高低起伏的語氣，也習慣了他沒頭沒尾的喋喋不休；政宇似乎也漸漸適應了性格冷淡、木訥的我。

這段時間，小丑在忙學生會的事，很少再來欺負政宇了。但問題是第一學期的期末考，成績單都還沒出來，我媽就在忙著四處打探補習班。才剛放假，我便開始了英語、數學和科學補習班的巡迴，不僅無法跟大家去踢足球，就連政宇家也沒時間去。

政宇偶爾會給整天在補習班一日遊的我傳訊息，但內容不多，只是問：「你在做什麼？」、「過得好嗎？」我知道他是想約我來家裡玩，但我實在無法抽身。那年的暑假簡直是地獄，日子難熬到恨不得快點開學。

二〇〇九年八月十四日

這是一個又熱又經常下雨，而且心情爛透了的暑假。

真希望暑假快點結束。

我好討厭夏天。洗完澡也好熱，還長了很多痱子。煩死了，什麼也不想做。

我和媽媽大吵了一架，是我先發脾氣的。

善奎會想我嗎？不會的。他那麼忙，可能也沒有把我當朋友，所以看到我的簡訊也沒有來我家玩。

開學見到政宇，他對我很疏遠。不知道是因為一個月沒見，還是在氣我暑假沒有去他家玩。我心想，我們很快就會和之前一樣，但過了幾天他非但不見好轉，反而越來越冷漠。無論我問什麼，他都只是簡短地回答一句，送他去資源班時還會畢恭畢敬地跟我說謝謝，表現得十分冷淡。我苦惱了幾天後，去找資源班的老師把暑假沒有去政宇家的前因後果講了出來，也提到政宇的一言一行傷了我的心。

老師默默地聽完後，開口道：「這不是什麼大不了的事情。」

「嗯？」

「小事情啦。政宇不了解你的情況，所以在生悶氣呢。」

「是嗎？但我覺得，他也許有其他原因……」

「那就問問他吧。」

「嗯？」

「喂，李政宇，你在生我的氣嗎？就因為我暑假沒去找你，所以生氣了？不然還有什麼事？這樣問他就好啦。然後告訴他，你每天都要去補習班，暑假過得就跟地獄一樣，根本沒時間玩。朋友之間，生什麼氣嘛！」

老師若無其事的態度讓我覺得她很無情。我是擔心政宇，而且思前想後了很久才來找她商量，她卻想得這麼簡單。

老師又盯著我說：「善奎啊，你是怎麼對待其他同學的呢？跟其他人開口很容易對不對？你只要把政宇想得跟大家一樣就好了。老師也知道，政宇很敏感，很容易生氣，而且他有自卑感，會希望從你身上得到更多關心。但那只是性格上的不同，同學裡不是也有這樣的人嗎？老師知道你是為政宇擔心，但政宇說不定只是希望你能像對待其他同學一樣對待自己。雖然他自己做不到……」

老師說得沒錯，朋友之間一句對不起就可以解決問題，我和暑假期間沒有一起踢球的朋友就是這樣和解的。但儘管如此，之後的幾天我還是沒有主動和政宇講話。偏偏馬上又要舉辦運動會，我要代表班級參加足球比賽，中午和放學後都要練球，早上還要參加預選賽。每天中午踢完球回到教室後，政宇都會面無表情地要我帶他去上廁所或送他去資源班。那天中午也是一樣，我才剛回教室，政宇便沒好氣地說：

「我要去廁所。」

聽到他不耐煩的口氣，我也生氣了。

我下意識地嘟囔了一句：「喂，你一直忍到現在都沒去廁所嗎？怎麼不教其他同學帶你去啊。」我還對無辜的班長發起脾氣，「喂，班長，你選我代表班級去踢球，我不在的時候，你怎麼不選個人帶政宇去廁所呢？」

這時，油頭滑腦的小丑湊了過來。

「哇，我們的天使小幫手終於受不了政宇啦。好啦，我帶他去廁所。怎麼不早點跟我說呢。」小丑說著，一把從我手中搶過輪椅的扶手。

瞬間，我看到了政宇僵住的表情。我趕快推開小丑。

「不用你幫忙，走開。」

進了電梯，政宇還是沒有講話。

那天晚上我失眠了，心裡總覺得像被什麼東西壓著似的。

隔天，我見到政宇便問：「政宇，你在生我的氣嗎？」

政宇沒有看我就回答：「沒有。」

「但我生氣了……」

政宇看向我。

我按照老師的忠告，緩緩開口：「就因為暑假我沒去你家，所以生氣了？我媽一直盯著我，我什麼也做不了。你一個男孩子，怎麼那麼小氣啊，就不能理解我一下嗎？開學後，我一直在看你的臉色，我也覺得很心煩啊。昨天也是看你一直很不爽，我才有點不耐煩的。」

政宇目瞪口呆地看著我，然後垂下眼簾小聲地說：「因為看我的臉色？」

「是啊，你連話也不跟我講，一個人在那裡生悶氣，我怎麼會不在意？」
政宇垂著頭，支支吾吾地說：「有什麼好在意的。」
政宇似乎還沒解開心結，於是我又退了一步，用柔和的語氣說：「怎麼能不在意……」我實在說不出口「朋友」兩個字。
看到我含糊其詞，政宇的聲音變得更加冷漠：「如果你很在意，覺得很麻煩的話，就去跟老師講。反正新學期了，可以重新選小幫手。」
政宇的話讓我火冒三丈，所以忍不住提高了音量：「喂，我又不是這個意思。你也太小心眼了吧！朋友之間有需要這樣嗎？」
「朋友？」政宇面無表情的臉出現了變化，一下子脹得通紅。
我壓低聲音喃喃地說：「是啊，你這傢伙，真夠小心眼的。」

二〇〇九年九月十六日

善奎問我是不是生氣了。他說很在意我。說實話，善奎讓我覺得心裡很不是滋味，因為我等了他一個暑假。我等待的人只有善奎，在這樣的等待中我領悟到，我喜歡善奎、等待他，卻無法與他成為朋友。因為除了我，善奎有很多朋友。我覺得如果善奎不當我的小幫手，他的成績會更好，會有更多時間和大家一起玩，說不定還會交到女朋友。
即使善奎不把我當朋友，但為了他著想，我也要故意冷漠一些，而且我可以感受到善奎已經受夠我了，所以我才說了更冷漠的話。但事情並非我想的那樣，善奎對我說，朋友之間有必要那麼小心眼嗎？我真懷疑是不是自己聽錯了。善奎竟然、竟然把我當成朋友。

我很想哭，但我忍住了。

我對政宇說出朋友兩個字後，不知為何心裡很不安。正如政宇在日記中寫的那樣，對他而言，他迫切需要我的陪伴，但他於我而言，就只是一個我可以提供幫助的對象。即使我們變得親近，但我從沒意識到這是友誼。每當察覺到政宇對我的期待越來越大，莫名的壓力也變得越來越大。

但第二學期，我依然擔任了政宇的小幫手。每週三我會去政宇家，偶爾和他一起看他推薦的情境喜劇或日日連續劇，就連我不感興趣的五子棋和彈棋子遊戲也會陪他玩。任何事情我都可以為政宇做出讓步，而且我從沒期待過從他身上得到什麼。就因為這樣，我在心裡始終無法把政宇當成親密無間的朋友。我感到很內疚。

7

期末考的前一週放學前，班導師說我榮獲了教育監頒發的楷模獎。教育部讓各院校在國際志工日到來之際推薦同學，於是資源班的老師推薦了我。

放學後，同學們圍過來對我說：「看來苦盡甘來這句話一點也沒錯。」

我感到無地自容，恨不得找個地洞鑽進去。更重要的是，我羞愧得不敢看政宇一眼。幾名同學還帶著嘲笑的口吻跑來祝賀我。

我來到教務處，找到老師跟他說：「老師，我不能接受那個獎。」

老師一臉詫異地問：「為什麼？」

「因為我沒做什麼可以領楷模獎的事……」

「怎麼沒做呢？你當了一年的小幫手，那可不是簡單的事。在老師看來，你做得很好。如果早知道有這樣的獎，老師早就推薦你了。你就不要謙虛了，收下吧。」

「不，我不是謙虛……」

老師似乎看出我在顧慮什麼。

「你不要想太多，這次你領了獎，其他同學就會明白照顧比自己身體弱、行動不便的同學是一件好事了。」

補習班下課後，剛回到家，媽媽便興高采烈地迎了上來。

「哇，聽說我兒子得了楷模獎？沒想到我兒子這麼乖。」

「妳怎麼知道？」

「媽也認識消息靈通人士。兒子，做得好，最近這種獎對考大學也有幫助。」

雖然聽到媽媽的誇獎很開心，但我也很生氣。

「妳眼裡就只有大學是不是？我不會接受那個獎的。妳以為我是為了得獎才當政宇的小幫手嗎？他可是我的朋友！」

隔天吃早飯時，媽媽試探地問：「這一年你沒受到什麼妨礙吧？怎麼都不跟媽商量一下呢。你第一學期成績下滑是不是因為這件事？算了，下滑又能怎樣。總之，媽為你感到驕傲。上課之間也要接送他，不會影響你上課吧？」

聽到媽媽的這些問題，我真想摀住耳朵。

我無法拒絕學校頒的獎，不然同學會覺得我自以為是。值得慶幸的是，政宇真心為我感到高興。休業式典禮上，我領到一座獎牌和價值五萬元的文化商品券。我本想分一半給政宇，但他嚴正地拒絕了。

那天晚上，媽媽還跟爸爸提議全家出門吃飯。不過是一座獎牌和五萬元商品券而已，但媽媽一再強調，那是教育監頒的獎。

「哇，媽媽怎麼能不高興呢？這可是你得的第一個獎啊。老實說，如果是你哥得了這種獎，媽才不會大驚小怪。但你得了這種獎，多光榮啊。更何況，這可是教育監頒發的獎。我這個當媽的一直擔心你的出路問題，現在終於看到一縷曙光了。回想一下，你小時候的確很有人情味，也很有正義感。」

直到那時，我還不知道媽媽在想什麼，但隔天她便滔滔不絕地道出了我的寒假計畫。

「你一月八日要去菲律賓英語冬令營。雖然我和你爸很想送你去加拿大或澳洲，但今年你爸店裡生意不好，加上你哥也要去語言研修，所以這次你就委屈點。等從菲律賓回來，再去英語補習班。星期三、五有論述家教，暑假的家教老師不是很好，這次換了一個有能力的老師。聽說這位老師教出來的學生都考上了延世、高麗和成均館大學。」

「搞什麼？放假比上學還忙？我每週要去一次政宇家陪他的。」

「放假期間也要做小幫手嗎？」

「不是，我是去跟朋友玩啦。」

「放假怎麼能玩呢？寒假過得充不充實，決定了你的未來。你幫那孩子不是壞事，但也要好好分配自己的時間啊。」

跟媽媽不能聊太久，否則心情會變差。

「媽，我都講多少次了，我不是政宇的小幫手，我是他的朋友。」

雖然我在媽媽面前強調自己不是政宇的小幫手而是朋友，但我也搞不清楚自己真心的想法。

二〇〇九年十二月二十四日休業式

今天舉行了休業式。我既喜歡放假又不喜歡，雖然不用上學很開心，但整個寒假我就只能一個人待在房裡。我沒有親戚，也不能出門旅遊，所以在休業式上我很不開心。

跟善奎分開也教人難過，他放假比上學還忙，而且二年級結束後，我們肯定不會同班了。我希望和善奎成為真正的朋友……希望他不會像小丑那樣背叛我……但我是障礙者，都說障礙者和非障礙者無法成為朋友，真的是這樣嗎？

二〇〇九年十二月三十一日

再過十五分鐘，我就十六歲了。我還活著，而且沒有臥床。雖然雙手漸漸不再靈活、脊椎側彎也越來越嚴重，但我還是可以一個人利用臀部移動身體。對其他孩子而言，十六歲或許沒有任何意義，但對我意義重大。

新的一年，我希望活得更加充實。首先，我要讀更多的書，看更多童話書，而不是為那些世俗的大人寫的書。其次，我要為跟我同齡的孩子寫故事。最近我總是想起哥哥。不識字也不會寫字的哥哥，他該有多無聊和鬱悶啊，我不想像他那樣活著。

媽媽說，等我升上國三就給我買一輛要一千多萬元的電動輪椅。這樣一來，我就可以坐著它唸高中和大學了。昨天去醫院時，醫生說只要持續做復健就沒問題，還說醫學日益進步，一定要懷抱希望。但做復健操好累，媽媽也很辛苦。但我必須堅持下去！加油！李政宇！

二〇一〇年一月一日

善奎說他要去菲律賓，昨天忙著準備冬令營的事，沒看到我傳的訊息。他說會去半個月。我在網路上搜尋了一下菲律賓，那是很美的群島國家，最大的島是呂宋島和民答那峨島，最美的島是長灘島和巴拉望島。我也好想去喔。

二〇一〇年一月十七日

我昨天打了一整天電動，今天也在網路上閒逛了一天。早上收到善奎的簡訊，他說從菲律賓回來了，很快就會來看我。我嘴巴上說沒關係，其實內心希望他快點來。我心想善奎要來，於是請媽媽準備了很多好吃的，但我等了一天，他也沒來。我傳訊息問善奎，他說自己的意思是很快會來，但不是當下就來。媽媽生氣了，她說家裡本來就沒錢，白白浪費那麼多錢買菜……但媽媽的表情很難過，也許是覺得內疚吧。我好恨自己傷了媽媽的心。

最近媽媽給我準備的早飯和午飯的量很少，因為放假期間，我的體重一下子長了三公斤。媽媽總是要我多動，但我現在屁股上沒有肉了，所以不想動。而且很無聊，也懶得動。看電視就會一直想吃東西。媽媽說，如果我再懶惰不動，不認真做復健操，就把電視搬走。我也知道多動對身體好。新年才剛過幾天而已，我應該努力做運動，不能做一個只有三分鐘熱度的人。

二〇一〇年一月二十三日

善奎去參加教會組織的志工活動了。他說要去位於小鹿島的漢生病醫院。漢生病也叫痲瘋病，也被歧視地稱為癩病。在日帝強占期誤傳這種病帶有很強的傳染力，所以漢生病患者會被強制隔離在小鹿島或其他偏僻的地方。

我也想去小鹿島，想去幫助其他人，想看看大海。我把曾是漢生病患者的韓何雲詩人的〈麥笛〉傳給了善奎。我和那時的漢生病患者很相似，雖然我的病不會傳染，但身體同樣會漸漸麻痺，最後動彈不得。因為不能與他人相處，所以只能被關起來。

「人患的距離／思念人間萬事」是我很喜歡的詩句。「眼淚的山丘」這種描寫也很精彩。讀韓何雲詩人的詩，我也想當詩人了。

二〇一〇年二月七日

明天就要開學了。我只在假期出過兩次門，一次是去首爾的大學醫院，一次是因為感冒去了社區的小兒科診所。一個月前，在迎來二〇一〇年新年的時候，我還滿懷希望，現在已經沒有那種感覺了。

明天就能見到善奎了，但如果我們像上次暑假那樣變得生疏怎麼辦？

8

我雖然在內心抱怨度過了一個如同高三般的寒假，另一方面也覺得托媽媽的福，假期過得十分充實。開學在即，我突然覺得很對不起政宇，所以開學典禮當天去上學的步伐十分沉重。我很擔心政宇會像上次暑假那樣又生我的氣，但這次政宇先開心地跟我打了招呼。我這才鬆了一口氣。

政宇胖了，雙頰看上去腫腫的。發胖會影響政宇的健康，因為會增加心臟的負擔，而且下體單薄無法承受身體的重量，坐著時會很辛苦。

小丑看到政宇，不懷好意地笑著說：「喂，李政宇，看你的臉都變成滿月了。放假在家吃了什麼，怎麼胖成這樣？」

政宇沒搭理小丑，轉頭問我：「你放假都在做什麼？」

「能做什麼，除了家就是補習班。我媽好像覺得我能變成我哥那樣。」

政宇接過我的話說：「我也是。」

「嗯？」

「我媽也覺得我會像我哥那樣很快死掉，所以很擔心我。」

聽到政宇的話，我愣住了。我去菲律賓和補習班時，政宇被關在房間裡獨處了四十天。我心想，等放春假一定要好好陪陪政宇，因為升上三年級說不定我們就不同班了。

有一天，資源班的老師找我問道：「善奎啊，你三年級也跟政宇同班怎麼樣？」

「那是我想就可以的嗎？」

「假如你願意，老師會跟學校溝通。如果跟政宇同班，你也能像二年級那樣幫助他嗎？」

我心裡一直覺得對不起政宇，所以毫不猶豫地回答：「當然。」

休業式當天公布了分班結果，我和政宇真的又同班了，我們都很開心。但小丑也和我們同班，這多少有點不安，但也無所謂了。

三年級第一天的晨會上，新上任的班導師問大家誰願意擔任政宇的小幫手。我舉起手，因為我覺得政宇的小幫手理當是我。但令人驚訝的是，還有三名同學同時舉起了手。

老師很滿意地說：「很好！我們班的同學很成熟懂事嘛。今天比起舉手決定，不如你們分別來跟老師商談一下，然後再決定。」

舉手的三個人裡有小丑。我看到政宇的表情僵住了。所以晨會剛結束，我立刻衝出去找老師。

「老師，我二年級時一直都是政宇的小幫手，學校不是為了能讓我繼續幫助他，才讓我們同班的嗎？」

老師聽我說完，開口說：「原來是這樣啊。但老師覺得政宇需要有機會多跟其他人相處……」

「但是，政宇很難和其他同學親近的。」

老師的臉色沉了下來。「這是你的主觀想法吧？其他同學也應該有幫助政宇的機會，政宇多跟其他人接觸難道不是好事嗎？我聽二年級的班導師說，政宇除了你以外都不跟其他同學講話。這對政宇來說是好事嗎？」

我無法反駁老師的話。

回到教室後，政宇很擔心地問我：「老師說什麼？」

「不知道。」我沒好氣地說道。

隔天，老師決定讓舉手的同學每個人輪流做一個月的小幫手。除了小丑，其他人都沒有問題。但問題出在政宇身上，他一直悶悶不樂地板著臉。我把老師的話一字不漏地轉告給政宇，但他還是很不開心。我猶豫了很久，最後還是去找了資源班的老師。老師似乎也很傷腦筋。

「老師也不能理解。聽說是有家長跟學校反映。」

「反映什麼？」

「要求學校給大家公平的機會……說是有的同學為了做志工只能打掃衛生……這大概跟

你得獎有關。我也有跟學校反映，但校長也沒辦法。」

我眼眶一下子就紅了，猶豫了半天要不要把小丑的事告訴資源班的老師，但始終沒有提起勇氣。

「善奎啊，老師知道你在擔心什麼。但還有老師在啊，無論是誰當小幫手，都會好好照顧政宇的。」

「那政宇呢？」

「你不是和政宇同班嘛，就算不是小幫手，不也還是他的好朋友嗎？」

下課後，我走到小丑面前。

「你為什麼要當政宇的小幫手？」

「怎麼？我不可以當嗎？」小丑嚼著章魚腳反問，態度惹人生氣。

但我強忍著怒火說：「你不是想幫助政宇，你只是想欺負他。」

「真是的，你這傢伙還真搞笑。你懂什麼啊？」

「當小幫手可不是開玩笑的事。」

「喂，誰開玩笑了？我只是單純想幫助政宇。老師都沒說什麼，你多管什麼閒事啊？你去找閔英其和崔浩哲了嗎？沒有吧？他們都是好學生就可以，我是壞學生就不行，是吧？」

「我不了解閔英其和崔浩哲是怎樣的人，但我了解你。」

「你了解我？就憑你？哈，你還真可笑。我當不當小幫手，你管不著。」

「你明知道政宇討厭你。」

「我管他怎麼想，要當小幫手的人是我。」

「當小幫手也要尊重對方的想法吧，政宇很怕你。」

「怕我？我是鬼還是怪物？李善奎，有些事你不懂，我和政宇可不是普通的關係。你少在這多管閒事了，滾開。」

我再也沒有話能對小丑說了。

二〇一〇年三月三日

三年級和善奎同班讓我鬆了一口氣，但他現在既不坐在我旁邊，也不是我的小幫手了。資源班的老師見善奎不能當我的小幫手，便安慰我，善奎不是你的小幫手，但還是你的好朋友。老師還說，善奎已經三年級了，有人幫他分擔負擔也是好事。原來我是他的負擔？老師說得沒錯。老師還說，除了善奎，我也應該多和其他同學接觸。

但在新的小幫手中有小丑，他為什麼要當我的小幫手呢？是想欺負我嗎？還是想跟我言歸於好呢？如果小丑真的想像從前一樣跟我做朋友，我還能接受他嗎？他在學校一直欺負我，我連他為什麼這樣都不知道。總之，我很害怕，也不想去學校。

三月，閔英其是我的小幫手。閔英其對我非常親切，總是想為我做什麼。我不想尿尿的時候，他也會一直問我想不想去廁所，還說如果有不懂的問題可以問他。但我對功課幾乎一無所知，所以也沒什麼好問的。為人親切熱情的閔英其讓我覺得壓力有點大。

今天吃完午飯，善奎和其他同學出去踢球了，閔英其吃完飯推著我說是要帶我出去散步。天氣有點冷，但我還是看了一會善奎踢球。善奎跑得好快。寒假期間，善奎又長高了，肩膀也變寬了。善奎告訴我，他覺得刮鬍子很麻煩。雖然我很想多看一會，但因為太冷了，就要閔英其帶我回教室。閔英其連連跟我道歉，說不知道我怕冷。他跟我道歉也讓我覺得很有壓力。

政宇似乎和新任小幫手英其處得很好。從任何方面來看，身為優等生的英其都比我對政宇更有奉獻精神，但政宇始終悶悶不樂。而且奇怪的是，雖然我們坐得很近，但感覺距離拉得非常遠。因為有英其，所以我不必多留意政宇，跟他講話的時間也變少了。看到政宇的坐姿很難受時，我很想過去幫他，但英其在他旁邊，我也不好多管閒事。政宇戴上耳機聽音樂的時間越來越多了。

「李政宇原來就這樣嗎？」下課時，英其來問我。

「怎麼了？」

「政宇根本不唸書。我說要幫他補習，他也說不要。整個人非常消沉，對任何事都不感興趣，真教人擔心。」

我不知道該怎麼解釋，所以教他不要管政宇，讓他做自己想做的事就好。

但英其反駁：「那可不行，我們應該幫助政宇。」

英其不僅把書當作禮物送給政宇，還把家裡的零食帶來學校給政宇。小丑經常走到政宇身邊，但他沒做什麼傷害政宇的事。有傳聞說，小丑二年級時跟隨的那些學長畢業後，學生會的人開始爭搶學生會長一職，但小丑因為成績差被淘汰了。雖然學生會的老師很看好他，但因為他的成績中下，所以遭到大部分老師反對。自那之後，小丑看起來有些喪氣，但他還是很熱衷和學生會的人一起檢查新生的制服和髮型。

二〇一〇年三月二十六日

因為感冒發高燒，我在家整整待了兩天。雖然白天很暖和，但到了晚上氣溫會明顯下降，所以我一直沒有退燒。我一感冒，媽媽就很擔心，怕我罹患肺炎。我好不容易退燒了，但媽媽還是讓我老老實實地躺了三個小時，直到下午三點才讓我到門口坐了一會。只坐了不到三十分鐘，我又開始咳嗽，最後只好乖乖回房。

我生病時，媽媽什麼也做不了，只能守在我身邊。昨晚她一夜沒睡，我中途醒來都會看到媽媽在盯著我看。我覺得很對不起媽媽，很擔心如果我一病不起，像哥哥一樣死掉，她怎麼辦？我對媽媽說，如果我死了，妳也不要哭。媽媽聽後非常生氣，她說我會比哥哥活得更久。

我很想把自己的心願告訴媽媽，我希望我病倒時可以被送進醫院，希望她能守在我身邊，不要像對哥哥那樣只留下我一個人。但我說不出口，因為她會傷心。但這些話總有一天我會告訴她，如果我快死了，一定要送我去醫院，一定要守在我身邊。我一定會告訴她。

9

時隔一週才來上學的政宇看起來一點血色也沒有，之前還很擔心他發胖會影響健康，現在卻消瘦很多。

我趁英其不在，走到政宇身邊問道：「現在沒事了吧？」

「嗯，媽媽怕我感染肺炎，所以在家多待了幾天。」

奇怪的是，我只是不做小幫手了，但下課去找政宇說幾句話竟然會這麼不自在。政宇似乎也和我一樣。而且如果我在政宇身邊待太久，英其好像也很不自在。

「政宇，這週三我去你家怎麼樣？」

政宇開朗地說：「好啊，那我請媽媽做點好吃的吧！」

「不用，我們煮泡麵吃就好。」

就在我和政宇講話時，小丑突然走過來說：「你不知道嗎？這個月換我當愛人的小幫手了。」

原來不知不覺已經四月了。小丑一把推開我，不由分說地把氣球塞給了政宇。

「這、這是什麼？」政宇緊張地問。

「你們這種人不是得做強化心肺功能的運動嗎？沒有比吹氣球更有幫助的了。拿去吧，送你的禮物。」

政宇一臉為難地抬頭看向我。雖然這種禮物有點荒謬，但也是小丑的一番心意，我也不好多說什麼。我用眼神跟政宇打了聲招呼後，回到自己的座位。

下課時，小丑對政宇說：「喂，愛人，不想去廁所嗎？」

政宇搖了搖頭。

我猶豫了半天才對小丑說：「趙赫，你要是想當政宇的小幫手，就先好好稱呼政宇的名字。」

小丑不高興地看著我，「喂，你是李政宇的愛人嗎？你再多管閒事，我就把你們是同性戀的事傳出去。」

瞬間，彷彿有人一錘擊在了我的後腦勺。

「我可知道你和李政宇是什麼關係。」小丑嘻嘻笑著，繼續說著各種冷嘲熱諷的話。我明知道他是故意的，還是氣得衝了上去，但英其攔住了我。

「沒有人會那樣想。」

我忍住怒火，眼淚在眼眶裡打轉。我咬緊牙關。

「善奎啊，你忍忍，這裡是教室。」

政宇的肩膀在抖。我突然對動不動就哭的政宇也很火大。看到哭泣的政宇，小丑收斂了一些。

我消氣後，冷冷地對小丑說：「你不要以為這樣仗勢欺人，大家就會怕你。有本事的話，就去挑釁那些比你厲害的人啊。卑鄙的懦夫。」

小丑被激怒了，氣得眼角發抖。「哇，李善奎，你膽子不小啊，竟敢這樣跟我說話！跟殘廢混在一起，你腦子也變殘廢了嗎？」

聽到小丑叫政宇殘廢，我再也忍不下去，一拳揮了過去，挨了我一拳的小丑一把揪住我的衣領。

這時，政宇突然喊道：「你們都住手！」

聽到政宇的喊聲，小丑愣住了。政宇趴在桌子上放聲大哭。

班長見教室鬧哄哄的，站起來走到講桌前大喊：「喂，你們幾個怎麼回事？這裡是教室。李善奎、趙赫，你們都住手！」

小丑沒有鬆手，反而更用力地拽了一下我的衣領後才放開。

「可惡的傢伙。」小丑丟下一句話，走回自己的座位。

小丑走開後，政宇才停止了哭泣。

二〇一〇年四月一日

善奎打了小丑。這是善奎第一次行使暴力。是因為我嗎？還是因為聽到同性戀才生氣的？都無所謂了，總之善奎先發制人打了小丑，真是太酷了。但我突然覺得小丑很可憐，他自尊心那麼強，肯定很不好受吧。但我心裡還是覺得很痛快。這樣的我，是不是很糟糕呢？小丑為什麼變了呢？

住在金浦時，我的朋友趙赫是一個很善良的孩子。別人欺負我時，他總是守在我身邊。他會幫我拿書包，我摔倒時也會靜靜地等我站起來。因此，我和趙赫被其他人霸凌，同學們叫我烏龜、蝸牛，叫趙赫烏龜殼、蝸牛殼。那時我覺得很對不起趙赫，但他總是說沒關係。

我到現在還清楚記得趙赫的哥哥去世後，他在教室裡大哭的樣子。哥哥的葬禮結束後，趙赫的媽媽丟下他和外婆離家出走了。因為外婆年邁無力照顧他，所以把他送去了奶奶家。迫於無奈，趙赫轉學了。但那時他住在奶奶家，我們也會通電話，放假也會見面。但突然從某一天開始，我們失去了聯絡。

我太想他了，所以媽媽去了一趟他外婆家。聽聞趙赫的奶奶生病後，又把他送進了育幼院。自那之後，我們再也沒有見過面了。

國小六年級的寒假，我也轉學了。但在國中入學式上重逢的趙赫卻變成了小丑，他警告我少跟他裝熟。我不知道他為什麼會變成這樣。小丑不是趙赫。我很傷心。

發生那件事之後，我很擔心被我打的趙赫會拿政宇出氣，但他沒有，而是很盡責的當

小幫手。那段時間，初春早晚溫差大，政宇一直咳個不停，支氣管炎和中耳炎也復發。我很擔心會演變成肺炎，所以每天到學校第一件事就是確認政宇有沒有來上學。看到他坐在座位上，我才能安心。政宇的臉色蒼白，但所幸沒什麼大礙。那段時間，跟我關係要好的朋友總是教我不要太在意政宇，他們會問我：

「喂，李善奎，你為什麼跟那種人做朋友啊？」

每當這時，我就會聳聳肩膀說，我和其他同學做朋友也沒有什麼特別的原因。有一天，我們中午去踢球，因為風太大所以提早回教室，走進教室卻不見政宇和小丑。我擔心小丑把政宇帶出去欺負他，於是找遍了音樂室、科學室、禮堂和圖書館，最後在上課鐘聲響起時，看到他們在有櫻花樹的小花園。我跑過去一把推開小丑，搶過輪椅的把手。

「喂，小丑，你瘋了吧？這種天氣，你把政宇帶出來是想怎樣啊？」

小丑臉紅脖子粗地喊道：「是這傢伙自己要出來的！」

「少說謊，沒有人會相信你的，混蛋。」

「那你問問他。」

「你這混蛋，我不用問也知道。」

我恨不得狠狠痛罵小丑一頓，但政宇只是一直咳個不停。

二〇一〇年四月十六日

今天善奎和小丑又吵架了。中午天氣暖和，陽光明媚，我教小丑帶我去小花園走走。起初小丑說風大不同意，但我堅持說想出去。小丑只好推著我去小花園，一路上，一年級新生看到他都跑來跟他行禮問好。小丑擺臭架子的樣子真教人討厭。我問他，就那麼喜歡擺臭架子嗎？

小丑說：「當然了，怎麼會不喜歡？也是啦，你這種人怎麼明白這種心情呢。」

我說，我才不想明白。

小丑一臉嚴肅，「你懂什麼？你天天坐在輪椅上，根本不懂這個世界。我五年級時剛被送進育幼院，天天被欺負，奶奶給我買的名牌鞋和衣服都被搶走了。那些年紀比我大的哥哥還威脅我，如果我去告狀就殺了我。在那裡，哥哥就是老大，他們天天打我。你也知道，我本來很善良啊。但在那裡，善良就會被欺負，被看不起。在那裡，善良、功課好都沒有用，有用的只有力氣。」小丑很不是滋味地說道。

我問他，何時離開了育幼院。

「前年二月，升國中前。我爺爺去世後，只剩下奶奶一個人，但她因為糖尿病幾乎看不見了。前年過年時我回了一趟家，看到她失明還要一個人煮飯吃，非常擔心，就更不想待在育幼院了。我故意闖禍，跟別人打架、離家出走、學抽菸，最後育幼院就讓我回家了。

「起初我也不想回家，領什麼基礎生活補貼金也讓我很生氣、很丟臉。我爸媽、外婆和奶奶都不要我了，最喜歡的哥哥也得了不治之症死了。我的人生真是太可憐了。我恨透了窮酸，所以很討厭你。看到你就讓我想起我哥，想起我可憐的人生。而且我的事你都知道。我恨透了人們了解我，然後同情我。」

聽了小丑的話，我哭了。我教他放心，絕對不會把這些事講出去。

小丑威脅我：「你要是把我的事講出去，尤其是告訴李善奎那傢伙的話，我就去死。」

小丑不是要殺我，而是要去死，這讓我更加害怕。不知道是因為風大的關係，還是害怕小丑，我開始咳嗽，咳到開始乾嘔。

小丑摸了一下我的額頭，驚慌失措地說：「你這傢伙，燒得這麼燙怎麼不早說！」

小丑繞到我身後正要推輪椅時，善奎出現了。善奎好像一直在找我，他對小丑發火。看到善奎擔心地跑來找我，我眼眶紅了。我很想告訴他，小丑沒有欺負我，但因為一直咳嗽，所以一句話也說不出來。

發生那件事後又過了一個週末，上學後我看到政宇的座位空著，覺得很奇怪，打給他手機也關機。其他同學根本不在乎政宇來不來上學，老師點名發現政宇沒來後也沒說什麼。

小丑問我：「李政宇為什麼沒來上學？」

「不知道。他手機關機了。」

我很擔心政宇，很想念他又白又圓的臉上綻放的笑容，還有他低聲細語、喋喋不休的樣子。

二〇一〇年四月二十日

天氣真好。如果現在可以出門，外面一定很暖和，還可以看到很多盛開的花。但我現在連敲鍵盤的力氣也沒有了。我可以感受到身體出了狀況。我有話想跟媽媽說，卻講不出口，只好寫在這裡。

媽，謝謝妳。我和哥哥罹患這種病不是妳的錯，妳沒有做錯任何事，這不過是遺傳罷了。所以就算我死了，妳也要好好活下去，為了我和哥哥也要活下去，幫助別人活下去。我看電視裡有很多那樣的人。媽，等我火化之後，把我安置在靈骨塔吧。沒有人記得我來過這個世界，這太教人傷心了。把我的骨灰放在靈骨塔，妳想我的時候就來看看我。等妳變成了老婆婆，也要來看我。這是我的請求。

《海邊的孩子》那本童話書裡夾著前年我和妳在櫻花樹下拍的照片，還有二年級時，我和善奎在學校的丁香樹下拍的照片。幫我把照片放在相框裡一起擺在靈骨塔吧。媽，謝謝妳，辛苦妳了。我愛妳。

放學後，我去了政宇家，但大門深鎖。我還是第一次遇到他們家的大門鎖著，我在小巷裡徘徊了一陣子後才回家。一種不祥的預感油然而生，那天晚上還被鬼壓床了。我夢到政宇坐在輪椅上想進我的房間，但輪子一直卡在門檻上。我想起來幫他推輪椅，卻怎麼也坐不起來。無論我怎麼掙扎，身體就是一動不動。我想對政宇大喊，叫他用力轉動一下輪子，但我連聲音也發不出來。面對眼前無能為力的狀況，我放聲大哭。這時，有人搖晃了幾下我的身體。是爸爸。爸爸很晚下班回來，推開我房門時，看到我不停發出呻吟聲，然後大哭了起來。爸爸對我說，讀書的壓力別太大。

隔天一早，政宇的座位還是空的。那天早上走進教室的老師的表情十分嚴肅，晨會上她一句話也沒講，只把我單獨叫了出去。

「政宇的媽媽打來電話說，政宇送進了加護病房。下午六點可以進去探病，我和資源班的老師打算中午先過去，你等放學後去看看政宇吧。政宇的媽媽希望這件事先不要告訴其他人。」

我很害怕，老師沉重的表情和政宇送進加護病房的消息讓我更加不安了。雖然老師教我不要告訴任何人，但因為很害怕，我還是告訴了英其。我心想，如果英其能陪我一起去或許就不會那麼怕了，但英其說要去補習班，不能陪我一起去醫院。我很想去找小丑，但最後還是沒有開口，因為擔心政宇不想看到他。

我抵達醫院的加護病房門口後，打給政宇的媽媽。脖子上掛著探訪證的阿姨從病房走出來，我穿好護士提供的綠色長袍後，跟隨阿姨走進病房。滿屋子的藥味和機器聲響讓我頭暈目眩。政宇戴著呼吸器，也許是因為燈光的關係，他的臉看起來更蒼白了。

「政宇得了敗血症……他支氣管炎那麼嚴重，我還送他去上學……應該讓他在家裡休息的。都怪我不好，讓孩子受罪了。」

我和政宇四目相對，不知道是因為他發高燒還是藥效的關係，他的雙眼失去了焦距，眼角濕濕的。但我覺得政宇認出了我，插著針頭的手背好像也動了一下。

阿姨說：「他還有意識，能認出人，你有什麼話想說，就對他說吧。」

我握住政宇骨瘦如柴的手指，他的手指冰冰的。

「政宇，對不起，我來晚了，因為我聯絡不上你。」

我哽咽了。政宇眨了眨眼睛。

「政宇啊，你快點好起來，你不是喜歡丁香花嗎？花都開了。」

政宇又眨了眨眼睛。我不知道接下來還能說什麼，說同學們都在等他？但我不想說謊欺騙他。我無能為力，什麼也不能為政宇做了。我走出病房，眼淚不由自主地流了出來。

我第一次感受到，政宇真的快要死了。

10

星期一早上，全校師生來到禮堂開晨會，卻不見我們的班導師。我預感到出了什麼事。回到教室，我看到老師垂著頭坐在書桌前，我的眼淚立刻奪眶而出。同學們入座後，老師站在講桌前。

「同學們，政宇在星期六去了天堂。因為感冒加重，肺炎演變成敗血症。」

瞬間，整個教室彷彿沉入了寂靜的水中。

英其問：「那今天不是出殯的日子嗎？」

「今天清晨已經進行了火化。政宇媽媽說，希望等政宇的骨灰安置在靈骨塔後，想去看看他的同學再過去。」

我的腦袋一片空白，淚如雨下，直到晨會結束眼淚也沒有止住。我可以察覺出同學都在偷偷看我的臉色，還聽到有人問政宇生了什麼病，以及有人回答說他罹患肌肉萎縮症，所以活不了多久的話。我下意識地握緊了拳頭。這時，小丑走到我面前。

「喂，李善奎，你別哭了，又不是只有你一個人傷心，少在那裡裝腔作勢。」

我抬頭看了一眼小丑，在他臉上找不到一絲難過。至少當時是那樣的。我一拳打在小丑身上，毫無防備的他搖晃了一下。我揪住小丑的衣領把他拽到教室後面，小丑沒有反抗。我又一拳打在他的肚子上，接著用頭撞他。我想起小丑放倒政宇的輪椅，用遊戲機戳政宇的臉頰，我收回打在小丑肚子上的拳頭，一巴掌掃在他臉上。

「你這混蛋，都是因為你。你為什麼要帶政宇出去？為什麼？」

我覺得是小丑害死了政宇。風很大的那天，是他把政宇帶到外面去的。

小丑沒有任何辯解，只說了一句：「你用力打吧，你打我，我心裡才會好受些。」

那一瞬間，我的手臂失去了力氣。小丑太可惡了，他是一個比我力氣大、比我卑劣、比我卑鄙的傢伙。小丑不是甘願挨打的人，他一定會對我進行雙倍、三倍的還擊。面對政宇的死，他一滴眼淚也沒有流，他就是那麼可怕、殘忍的傢伙。他必須是這樣的人，因為只有他這樣，我才能為過去沒有為政宇挺身而出做出辯解。但小丑直到最後也沒有還手。我徹底洩了氣，揹上書包準備走出教室。就在這時，小丑把任天堂遞了過來。那是一年前他從政宇手中搶走的遊戲機。

「我錯過了還給他的機會，我不是故意的……」

＊

幾天後，我帶著遊戲機來到政宇家，阿姨正在整理行李準備搬家。

「送走了兩個兒子，這裡我也住不下去了。」阿姨看著我遞給她的遊戲機說：「你拿去玩吧，雖然不知道怎麼會在你那裡，但政宇一定會想送給你。你等一下。」

阿姨走進房間，取來一個USB。

「這裡面是政宇的日記。他住院前要舅舅把筆電裡的日記存在USB裡，千叮萬囑教我一定要交給你。政宇很喜歡你這個朋友，謝謝你，政宇交到你這個朋友，一定很幸福。」

我遲疑了一下，對阿姨說：「我來過好幾次，來找政宇……但那時沒有您的聯絡方式……」

「沒關係。你那天到醫院看過政宇後，他很開心，表情很安詳。」

我猶豫了半天，最後開口詢問政宇是怎麼走的，因為我覺得我應該知道。阿姨眼眶紅了。我記得政宇說，媽媽的眼淚已經哭乾了，但現在她的眼眶又湧出了眼淚。

「那孩子都口齒不清了，但最後還是跟我說了一聲『謝謝』。他讓我這個當媽的怎麼活下去啊？為什麼要謝謝我這個罪人……」

那天回家時，我看到小丑在公寓門前徘徊。我假裝沒看到他，正要走過去時，小丑叫住了我。

「你去政宇家了？」

「嗯。」

「他媽沒說什麼嗎？」

「說什麼？」

「我只是問問。」

當時，我恨透了小丑。

「你還有話跟我說嗎？」

小丑搖了搖頭。

我頭也不回地走了。

對於班上同學而言，政宇的死不過是一件小事。雖然大家都覺得政宇是個可憐的孩子，但關係沒有好到會為他的死傷心難過。為了悼念政宇，英其買來一束鮮花放在政宇的書桌上，教室因此安靜了三、四天。第四天，老師說可以清走那束花了，政宇的書桌也隨即消失。一個星期過去，只有小丑沒有回到原來的狀態。他變得異常安靜，不再跟任何人講話。同學們比起政宇的死，更加關注小丑的變化。就跟二年級時，比起政宇，更關注因為當政宇小幫手而獲獎的我一樣。

每天早上站在校門口的小丑的眼神也不再可怕了，他整個人都洩了氣，中午在學校餐廳門口檢查制服時，他也最晚出現，然後敷衍了事地晃一圈就走開。放暑假前，小丑辭去了學生會的職務。大家見小丑不再行使威權，追隨他的幾個人也都離他而去。同學間流傳著關於小丑的傳聞，說他與年邁體弱的奶奶相依為命，家境很差。看到小丑徹底變了一個人，我不禁懷疑是不是因為我說的那些話。但我努力說服自己，就算是這樣也與我無關，這都是報應。

再後來，我忘了政宇。忘記他很容易。不，應該說只有忘記他，一切才能變得容易些。只有忘記他，我才能不對老師的漠不關心感到憤怒；只有忘記他，我才能輕鬆面對班上嬉笑打鬧的同學；只有忘記他，我才能對小丑的變化視而不見。

三年級的期末，小丑選擇了專科高中，他報考了距離我們學校很遠、位於北區的汽車工業學校。聽同學說他放寒假時在炸雞店打工送外賣，我也看過幾次小丑打工那家炸雞店的機車，但我一點也不好奇那個送外賣的人是不是小丑。

11

政宇的最後一篇日記是一篇名為「短篇小說」的文章。

「李政宇先生是非常知名的編劇，他之前創作的十六集迷你電視劇創下了最高收視率。一直以來，李政宇作家都很低調，但這次他首次接受了電視臺的採訪邀約。李政宇作家將採訪地點選在正在舉行櫻花慶典的汝矣島，慶典接近尾聲的輪中路上，賞花的人看起來比櫻花還多。啊，這是什麼情況？那位坐著輪椅的人該不會就是李政宇作家吧？請問，您是李政宇作家嗎？」

「是的，我就是。」

「原來您是障礙人士啊。」

「沒錯，但準確來講，我是裘馨氏肌肉失養症患者。我今年二十六歲，大學主修文藝創作。」

「您的輪椅好特別啊！」

「是的，這是為肌肉失養症患者特別設計的輪椅。像我們這樣罹患肌肉病患者會出現呼吸困難的狀況，所以輪椅上裝有特殊的呼吸設備。而且因為無法使用手部的肌肉，還安裝了電腦，只要講話，電腦就會輸入文字。只要我講話，它還可以餵我吃飯，想去哪裡都沒有問題。最近，無障礙公車多了，打電話預約計程車也比從前方便，無論去哪都不成問題了。」

「據我所知，肌肉失養症患者一般的壽命大約是二十歲。」

「這不是一定的。只要持續定期做復健治療，情況就會有所不同，而且一年前，防止肌肉失養症惡化的藥物也問世了。雖然現在價格還很貴，但幸好我有經濟能力，所以正在服用這種藥物。但為了能讓肌肉疾病患者享受這種藥物的醫療保險，我打算發起一些活動，呼籲大家關注這件事。」

「這是很罕見的疾病，能請您簡單地向粉絲講一講自己的故事嗎？」

「我有一個哥哥也罹患了這種病。他從兩歲學走路時開始就異於常人了。但當時因為缺乏對肌肉疾病的知識，所以直到八歲他才被確診為肌肉失養症。我哥還有肌肉失養症患者普遍存在的智力障礙，活到十八歲也不認識字。他確診後，母親揹著他去了海邊，打算一起尋死。但哥哥突然緊緊摟住母親的脖子說：『媽，我不想死。』就這樣，母親才咬牙放棄了尋死的念頭。

得知哥哥的病名後，又聽說四歲的我也可能罹患同樣疾病，於是父親向母親提出了離婚。母親覺得這都是自己的錯，所以和父親離婚了。但母親還是希望我不會像哥哥一樣。

最初，我的確與哥哥很不一樣，有別於學講話、學走路比同齡孩子晚很多的哥哥，我很早便學會講話和走路。但到了四歲，我的小腿開始變得僵硬、出現肌肉硬塊。這和哥哥的症狀相同。母親帶我到首爾的醫院看病，果然我也被診斷為肌肉失養症。

「之後母親帶著我和哥哥搬到外婆家所在的金浦市，母親在外婆經營的烤鰻魚店做事，扶養我和哥哥。因為母親很忙，所以哥哥總是一個人，我也很少去哥哥的房間，他成了一個很孤獨的人。總是讓哥哥一個人獨處的罪惡感折磨了我好一陣子。

「進入國小後直到二年級，我還可以和同學和睦相處，但剛升三年級，我走路就越來越吃力，常常會摔倒。每次摔倒時，我都得用雙手支撐地面，起身後還要用雙手支撐膝蓋，最後才能艱難地直起腰來。好幾次我剛站起來，又被其他同學撞倒。孩子不都那樣嗎？跑來跑去，從不顧及周圍……但在當時，我心裡非常難過，還常常因為這種事哭。經常發生這種事後，在上學的路上，如果遇到同學一窩蜂地跑過來，我就會僵在原地，等他們都跑走後再繼續往前走。從家到學校徒步只要五分鐘的距離，但我上學的時間卻漸漸拉長了，二十分鐘、三十分鐘、四十分鐘，就算我比其他同學早出門，還是會遲到。等到四年級的第二學期，我很難走樓梯到二樓的教室了。也就是從那時候起，同學開始模仿我用僵住的雙腿爬樓梯。我在廁所裡摔倒，非但沒有人扶我，還會圍著我哈哈大笑。大家給我取了一個綽號叫烏龜。我恨不得自己真的是一隻烏龜。如果真是那樣，我就可以把臉縮進烏龜殼裡了。我不再喜歡看書，也失去了唱歌的樂趣。四年級秋季運動會時，班導師叫我參加接力賽跑。那位老師很照顧我，也很鼓勵我，但聽到這樣的提議，我很難過。我不想成為全校同學的笑柄。雖說我讀的學校很小，全校只有一百名學生，而且沒有人不認識我，但我還是不想在全校同學的家長和老師面前出糗。老師指了指籃球隊，只見一個叫趙珉的同學站在那，一條腿上打著石膏。老師對我說：『政宇，不要提前放棄，要堅持到底。』

「看到打石膏的趙珉，我鼓起勇氣接過接力棒。但我還是比一條腿打著石膏的趙珉跑得慢。起初同學覺得我跑步的姿勢很滑稽，嘲笑聲四起，但眼看白隊就要輸給藍隊時，周圍又傳出了噓聲。就在這時，趙珉開始放慢速度用走的。我從他身邊經過時，他還朝我微微一笑。我以為他是在取笑我，但事實並非如此。當我把接力棒傳給白隊的下一位選手時，趙珉才拖著打石膏的腿追了上來。藍隊的同學對趙珉發出噓聲，老師卻緊緊抱住我和趙珉，鼓勵我們以後無論做什麼事都不要放棄，要堅持到底。

「那天之後，我和趙珉成了朋友。趙珉是從仁川來的轉學生，他問我罹患的是不是漸凍人症。他說自己的哥哥因為這種病躺在家裡，以為我也是相同的疾病。我和趙珉很快成了好朋友，每天早上，他都會在學校門口等我，然後一起走進校園。儘管同學們取笑趙珉是烏龜殼，但他還是願意和我做朋友。但在五年級的寒假，我們卻不得不分開了。之後趙珉先後被媽媽、外婆和奶奶遺棄。我的身體漸漸開始麻痺，痛苦地過著每一天，然而趙珉也不得不與內心的創傷對抗。如果我能陪在他身邊，撫慰他的創傷該有多好，但我做不到，因為我沒辦法去找他。

「與趙珉分開後，我以為再也交不到朋友了，但升上國中後，我又交到了新朋友。多虧了李賢奎這位朋友，我的學校生活過得非常愉快，而且從他身上學到了喜歡、等待和珍惜。李賢奎把自己的時間分給我，和我做朋友，我卻不能為他做任何事，所以我總是覺得很對不起他。就因為這樣，我才決心持續做復健，用功讀書，考上高中和大學，讓他看到我實現夢想的樣子。我覺得這是我能送給他最好的禮物。」

「啊，那您的夢想實現了。那位朋友一定很為您驕傲吧？」

「那是當然了，他比我更為我的成就高興呢。」

「你們的友誼真令人羨慕。那是什麼契機促使您想成為作家的呢？」

「雖然好書是促使我想成為作家的契機，但仔細想來，真正的原因是因為我的身體。這樣的身體行動不便，所以聽音樂和看書的時間多了。國小六年級時，我讀了權正生老師的《狗糞》，那本書我一天看了十遍。可能我覺得自己和狗糞很像吧。自那之後，我讀了權正生老師的所有作品，無論是兒童小說還是青少年小說。讀完那些作品後，我萌生了想用文字帶給別人感動的作家夢。升上國中後，我看了很多電視劇，看著那些有趣的電視劇，夢想著成為一名編劇。」

「最後，您有什麼話想對像您一樣罹患這種疾病，或行動不便的兒童、青少年說嗎？」

「我想對大家說，不要因為身體存在障礙或疾病而躲避他人、放棄夢想，更不要因為自己身體不便而躲躲藏藏。如果能交到一起聊天、給予自己力量的朋友，就不會感到孤獨了。每當想要放棄夢想時，請咬緊牙關。如果自己先放棄自己的話，別人也會放棄我們的。」

小說到此為止。當我得知看似對任何事情都提不起興致的政宇，私下正與自己的無力感對抗時，心裡難受極了。有時候，政宇會在課上趴在桌子上睡覺，說自己為了寫東西一夜沒睡。他吃力地敲著鍵盤寫下的這些文章，很難說是小說、隨筆或手記。但可以肯定的是，他在寫這些文章時是很幸福的。十六歲的政宇想像著二十六歲的自己，懷抱夢想的他一定很幸福。

我思前想後，最後在聯絡人名單中找到了國中資源班老師的電子郵件地址。記得政宇的人不多，其中一位便是資源班的老師。我把政宇的日記和小說寄給了老師。如果是老師，一定會仔細閱讀政宇寫下的這些文章。之後，我打電話到小丑打工的炸雞店，過了三十二分鐘後，門鈴響了。我透過對講機的畫面觀察著那個站在公寓門口的人，手提塑膠袋的人果真是小丑。我在電梯前等候小丑。

「對不起，今天週六，叫外賣的人太多了。」

我伸出手，說道：「好久不見。」

小丑這才抬起頭看到我，他大吃一驚。「你住這裡？」

「嗯。」

小丑為了遮掩慌張的神色，壓低安全帽說：「一萬三千元。」

我沒有給他錢，而是說道：「明天是政宇的忌日。」

我可以感受到小丑的身體僵住了。

「你很難過吧？」

小丑瞥了我一眼。

「其實政宇去世後，我就把關於他的記憶都抹去了，但你沒有，我卻對此視而不見。」

一臉不自在的小丑看著我的眼神出現了動搖，我趕快把USB遞給他。

「這是什麼？」

「政宇的日記。其實我也是今天剛看到。政宇走後，我去還你交給我的遊戲機，阿姨才給了我這個，但我那時不敢看。」

「為什麼給我？」

「我覺得你也應該看一下。」

小丑盯著那個USB看了半天。

「我明天要去追思園看政宇，你要不要一起去？」

小丑抬頭看了我一眼，隨即垂下眼簾，「我明天也要工作，不能去。可以給我炸雞錢了吧？」

我把錢遞給小丑，又說：「一起去吧。記得政宇的人只有你和我，還有英其。而且政宇覺得是朋友的人，只有你和我。」

小丑接過錢，一邊把錢塞進夾克的口袋，一邊說：「對不起，我還要去送外賣。今天是週六。」

我對按下電梯按鈕的小丑說：「如果你看完日記改變主意的話，記得傳訊息給我，不然就明天十點半在追思園見。英其說他十一點到，最好在他趕到之前，你和我可以單獨見見政宇。」

＊

今天是個久違的晴天。剛走出公寓，一股濃濃的丁香花香氣撲鼻而來。我看向四周，只見花壇裡開滿了淡紫色的丁香花。政宇與其他男孩不同，他特別喜歡花。政宇聽說自己暗戀的金敏智跟高中生交往後，突然要我幫他摘一些丁香花的花瓣來。

他把花瓣放在嘴裡邊嚼邊說：「這就是初戀的味道，雖然花香甜美，但嚐過才知道是苦澀的。」

當時，我覺得政宇的行為非常幼稚，但在去年冬天，我也體驗了丁香花花瓣的苦澀。我為自己那時的想法而感到羞愧，所以上網搜尋了政宇喜歡的那些花。比起碩大華麗的花朵，政宇更喜歡由淡色的小花瓣團簇在一起、開在春天的花，像是丁香花、櫻花、迎春花和繡線菊。我環視四周，折下幾支花團錦簇的丁香花，小心翼翼地放進書包裡。

公車距離追思園越來越近，我的心跳也加快了。小丑會來嗎？政宇會怎麼想時隔一年才來看他的我呢？我既擔心又激動。通往追思園的上坡路兩旁開滿了白色的繡線菊，只見繡線菊的盡頭、追思園的入口處，小丑站在那裡。小丑沒有戴安全帽，把棒球帽壓得很低，他手裡拿著一束黃色的花。

「俗氣的傢伙，送什麼小蒼蘭啊。」

我從書包裡取出丁香花，雖然花有些失去了生機，但還是散發著濃郁的香氣。我環視四周、加快腳步，然後快速地隨手折了一支繡線菊。

小丑與我四目相視，笑著朝我走了過來。就這樣，我們為了一起去見政宇邁出了步伐。

不舒服的真相

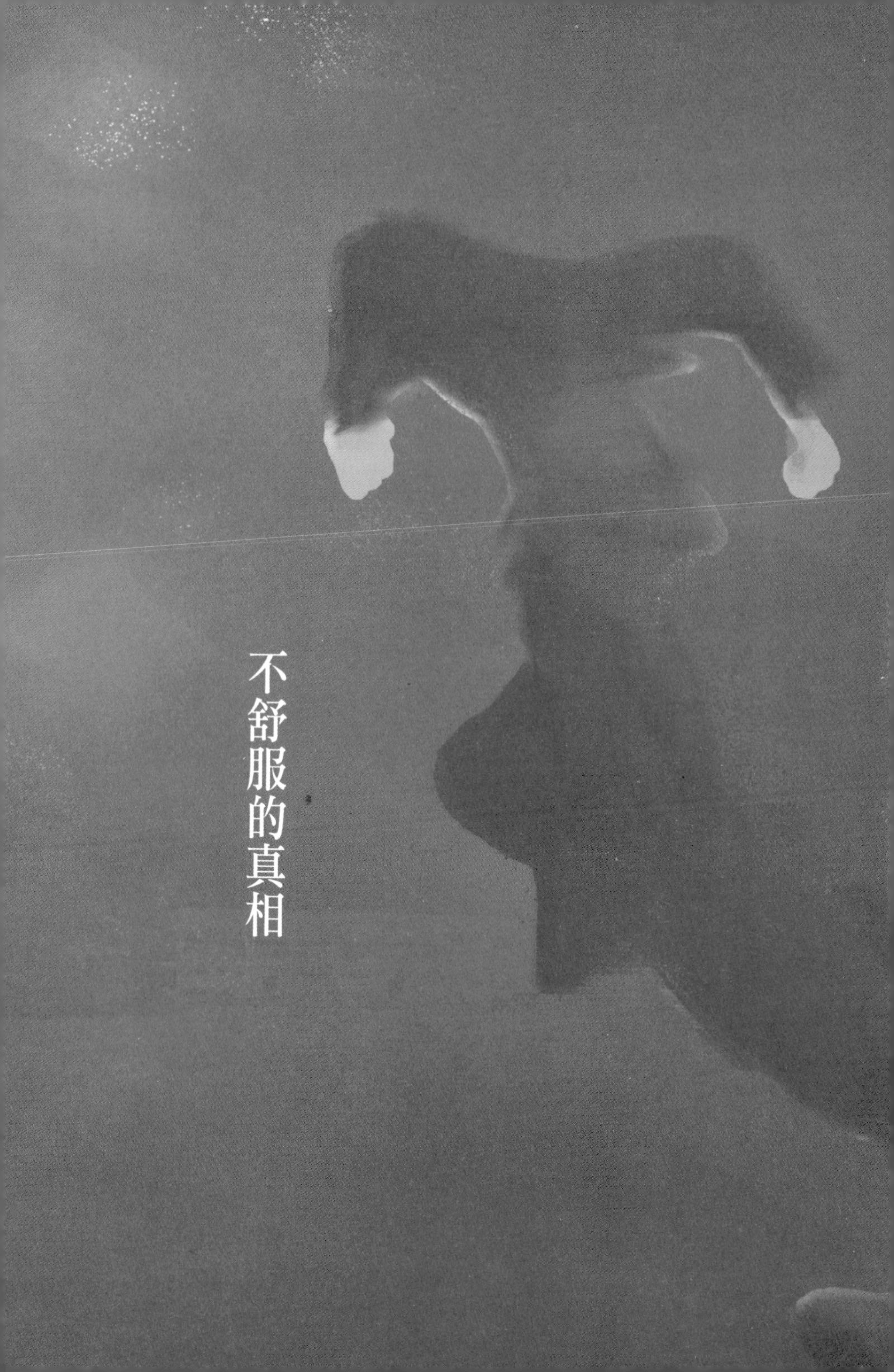

1

睡夢中隱約聽到了媽媽呼喚我的聲音，真希望那若隱若現的聲音是一場夢，但當我醒來的瞬間，落在眼皮上的晨光證實了一切，又到了早晨。

「七點了，趕快出來洗臉刷牙！」媽媽在廚房大喊。

我走到廚房，看到媽媽正在準備早飯，她已經換好了去上班的衣服。我走進浴室，隨便洗了臉，用手指理順亂蓬蓬的頭髮綁在頭頂，就從浴室出來，坐在餐桌前。

媽媽看著我，皺起眉頭。「妳幹嘛愁眉苦臉的啊？」媽媽把湯放在餐桌上說：「心情不好，當然愁眉苦臉了。就算是勉強，妳也笑一笑吧！這樣心情才會好，看的人也會舒服一點。」

我拿起湯匙，但沒有喝湯，而是懸在了半空。我抬頭看向媽媽，用懇切的聲音說：「媽，拜託，幫我轉學吧。」

媽媽板著臉。「妳也知道這是不可能的。」

「媽，我真的覺得窒息得快死了。」

「泫瑞啊，到哪裡都是一樣的。妳轉去別的學校，也還是會有學生會、會有差別待遇。

哪裡的老師都一樣，哪裡都有不讀書的孩子。學校本來就是那種地方。」

每天都是相同的回答，今天我的眼淚也在眼眶裡打轉。

媽媽用無奈的眼神看著我，嘟囔了一句：「難道妳每天早上都要以淚洗面地去上學嗎？」

媽媽走進妹妹的房間，幫她穿衣、收拾書包，我沒吃幾口就站了起來，揹上書包準備出門。

「泫瑞啊，天氣這麼涼，妳怎麼不穿外套？」

媽媽不知什麼時候從妹妹的房間走出來，叫住正要走出玄關的我。

我頭也沒回，冷冷地回答：「被沒收了。」

「妳不是說進校門時脫下來就不會被沒收嗎？」

「我在教室裡穿，被校長看到，就被沒收了。新來的校長在走廊裡晃來晃去，從窗戶監視我們誰穿外套。」

「這像話嗎？」媽媽用啼笑皆非的口氣反問。

「不像話啊，所以我才要妳幫我轉學啊！」奪門而出前，我沒好氣地對媽媽大喊。

2

在走出院子大門前，我轉了個方向，來到柿子樹下。柿子樹的葉子在晨光下閃閃發亮，爸爸在我出生那年種下了這棵柿子樹，今年樹上結的柿子特別多。我把手掌放在樹幹上，閉上眼睛站了良久，希望能從它身上獲取一些力量。我走出大門，慢悠悠地邁開步伐，想盡可能地延遲抵達學校的時間。剛走出小巷，只見路口的綠燈一閃一閃的，上班和上學的人們不約而同地跑過馬路，但我沒有跑。

「妳真是懶到家了。」

我回頭一看，是珉宇。看到他的瞬間，我嚇了一跳，他剃了個光頭。

我失聲尖叫：「金珉宇，你的頭髮呢？被剃了？」

「嗯。」

「你頭髮不是很短嗎？」

「誰知道。我在校門口都沒被抓，結果午餐時間被記名，還扣了兩分。」

「怎麼辦，你一點都不適合這頭……」

「我們有權利選擇適合自己的髮型嗎？」

我略感惋惜地又抬頭看了一眼珉宇的腦袋。他胖嘟嘟、臉圓圓的，剃了光頭後活像一尊彌勒佛。恐怕他有很長一段時間會被同學們當成笑柄。

今天校門口也站了一排學生會的學長學姐，被沒收的防風外套堆在一旁如同一座小山。傳說中的學生主任金德根眯著眼睛，掃瞄著每一個走進校門的人。被金德根那雙銳眼盯上的同學不僅會被沒收外套，還得繞操場跑上三圈。我和珉宇平安地穿過了學生會的隊伍，但就在我慶幸順利通過校門走進教室時，察覺到了教室裡陰惻惻的氣氛。只見京美在教室裡走來走去，正跟同學收錢。不久前，她為了幫混在一起的老大美貞開生日派對時也跟大家收過錢。我才剛坐下，京美就走過來。

「喂，江泫瑞，交錢。」

「什麼錢？」

「美貞生病了，沒來上學。」

「所以呢？」

「我放學去看她時打算買份鮑魚粥，所以每個人交一千元。」

我啞口無言，抬頭看著京美。

「妳去看她，為什麼我要交錢？」

「朋友病了，妳連一千元也捨不得出嗎？」

「她是妳的朋友，哪是我的朋友啊？」

「喂，這是同班同學之間的互相幫助。」

我瞪大眼睛看著京美，「我可沒看到過妳們幫助別人。」

聽到我的話，京美歪著身子，語氣十分尖銳地說：「哇，江泫瑞，妳膽子可真不小啊。等著瞧吧，妳這樣，美貞不會讓妳有好日子過的。」

京美虎視眈眈地盯著我，把手伸向了妍麗，妍麗毫不遲疑地把一千元塞進京美手裡。

「天啊，妳看看崔閔英。」

原本的好心情在和京美發生口角之後徹底毀了。就在我打開本子亂寫亂畫的時候，妍麗突然拍著我的肩膀大驚小怪地說。我抬頭一看，只見閔英穿著領口撕裂的背心站在那掉眼淚。

「發生什麼事了？」同學們一窩蜂地圍到閔英面前。

閔英哽咽地說：「校長發現我改了制服，所以用剪刀把背心剪了。」

大家都驚呆了，一句話也講不出來。上週星期一的晨會上，校長事先警告我們，如果發現誰把制服改得跟塑身衣一樣，就會用剪刀把制服剪爛。這學期新上任的校長特別執著於穿著端莊得體這件事，但我們怎麼也沒有想到他真會用剪刀剪制服。

閔英不是那種遊手好閒的學生，也沒有故意改制服。我們一年級的新生動不動就會弄丟制服和運動服，因為二、三年級的學長姐會為了穿新制服，趁體育課或午餐時間偷走我們的制服。我們一年級的忍無可忍去跟老師抗議，老師反倒責怪我們沒有看管好自己的衣服。老師說，要不就去倉庫找找之前畢業生留下的制服，或是重新買一套。閔英正是聽了老師的話，才去倉庫找了一件尺碼勉強能穿的制服。

「妳怎麼不說不是妳改的呢？」

聽到大家的話，閔英又抽泣起來。「我說了，但校長還是執意要剪。」

同學都氣得火冒三丈。剛好這時，老師走進教室，大家看到老師，忿忿不平地抗議：「老師，現在是怎樣啊，校長怎麼能剪學生的制服呢？他可以這樣做嗎？」

老師看到閔英的背心也露出驚訝的表情，但隨即一臉平淡的說：「上週晨會，校長不是已經提前警告過你們了嗎？」

聽到老師講出這種不負責任的話，憤怒的同學追問：「已經改小的制服怎麼再改回去？再說，就算是新訂製的也沒那麼快……」

「這不關我的事。」

老師的話徹底激怒了我。

「您的意思是班上同學的事都與您無關？這像話嗎？」

老師用銳利的眼神瞪著我，「江泫瑞，妳講話小心點。當初拿制服開玩笑改來改去的可是你們，有錯也在你們。」

老師的話音剛落，幾個同學紛紛站了出來。

「閔英沒有改制服，她的制服不見了，身上那件是從倉庫找來的。」

「這是無視人權的行為！」

老師聽著同學們的抱怨，臉色大變，冷冷地說：「是嗎？既然你們這麼想，那就正式去向校長抗議吧。」

3

終於到了一年級的午餐時間。雖然鐘聲響了，但沒有幾個人趕往餐廳，特別是我和妍麗更是慢吞吞，糾結了半天後才往餐廳走去。今天也沒有看到任何老師，但餐廳依然井然有序，十分安靜。這多虧了那些「打菜小幫手」。

我們學校從第二學期開始有了打菜小幫手。開學第一天，看到戴著打菜小幫手名牌的學長姐出現在餐廳的瞬間，我全身僵住了。學生會選出的二十名打菜小幫手都是我們學校惡名昭彰的三年級學長姐，他們不僅幫大家打菜、管理廚餘桶、整理餐盤，還會檢查我們的制服和隨身物品。因為他們，餐廳的氣氛總是死氣沉沉。雖然同學們抗議說，打菜小幫手跟學生會的人一樣檢查制服和隨身物品屬於越權行為，老師卻堅稱，在學校餐廳聽打菜小幫手的話是學校的規定。

據傳聞稱，金德根承諾如果那二十名打菜小幫手能把餐廳管理得井然有序，會一筆勾銷他們被扣掉的三十分，還會幫他們提高遂行評價[3]的分數。遂行評價的分數對成績差的

3 韓國學生升學也需要準備類似臺灣的學習歷程檔案，包含「學生薄」（校內表現、活動）和「內審管理」（考試成績）。遂行評價則是學校以學生的課業成績與校內表現進行評價與計分。

學生非常重要，這關乎他們能否升上高中。如果說老師們的目的是為了透過壓制和威脅學生來維持餐廳秩序，那他們非常成功。

第一學期，餐廳還跟菜市場一樣，打菜時因為插隊的同學經常發生爭吵；大家邊吃飯邊開玩笑，打翻餐盤的人比比皆是；所有人把吃剩的飯菜倒進廚餘桶，但廚餘桶溢滿了也沒人管。所有問題在打菜小幫手登場後全部消失。從那時起，學校餐廳再也看不到老師的身影，老師們可以在教師餐廳舒服地享用午餐，而學生餐廳就這樣徹底落入打菜小幫手的掌控。除了那些直接或間接認識打菜小幫手的人，其他人就只能戰戰兢兢地吃午飯，生怕被他們抓住什麼把柄。

「可以再給我一塊炸物嗎？」排在前面，與我隔了三、四個人的珉宇近乎哀求地說道。

打菜小幫手把拿在左手的炸物塞進自己嘴裡，兇巴巴地瞪著珉宇。

「你說什麼？」

「我說再給我一塊炸物。」

「臭小子，後面的人不夠分啦。再說，看看你這身材，炸物吃多了會得高血壓的。」當面嘲笑珉宇的學長夾起一塊炸物，在珉宇眼前晃了一下，隨即又塞進自己嘴裡。

我下意識地握緊拳頭，但也只是這樣而已，我沒有勇氣對抗咄咄逼人的學長。廚房大嬸也只是一臉不滿地隔著玻璃窗看著那些打菜小幫手橫行霸道，因為她們都是供餐公司的員工，不好插手學校的事。

「太噁心了，我都不想吃了。」

妍麗見我放下湯匙，擔心地說：「妳就吃吧。否則那些人會找碴的……」

「無所謂。」我端起餐盤走到廚餘桶，把剩飯剩菜倒了進去。

一個學姐走到我身邊，冷冷地說：「小鬼，怎麼回事？」

「我不舒服，吃不下了。」

學姐上下打量了我一番，用裝模作樣的口吻說道：「妳有點沒禮貌，看來我得找個時間教育妳一下。總之，先扣兩分。」

我一語不發地走出餐廳。

4

第五堂科學課，老師一邊在黑板上寫下生物的結構，一邊認真地講解，但專心聽課的就只有三、四個人，有的同學乾脆趴在桌子上睡著了。就在老師準備拿粉筆頭丟那個睡覺的同學時，教室的門突然開了，二年級的三個學長走進教室。

「怎麼回事？」老師緊鎖眉頭，一臉不悅地問。

其中一個學長態度散漫地說：「因為在美術室牆角發現了菸頭，金德根老師要我們檢查今天上午在美術室上過課的班級的書包。」

老師明顯一臉不滿，但仍故作淡定，「知道了。查吧。」

老師的話音剛落，學長們瞪大了眼睛。

「我們嗎？」

「不然要我查啊？」

聽到老師的反問，奉命行事的學長露出不耐煩的表情，教第一排的同學把書包都放在桌子上，但沒有人欣然照做。

「怕了？趕快放上來。」一個學長瞪著妍麗說。

妍麗猶豫了半天，還是沒有去拿書包。

我突然想起了她正在生理期，於是鼓起勇氣喊道：「老師，這是怎麼回事？怎麼能讓男生隨便翻女生的書包呢？」

聽到我的聲音，妍麗用顫抖的聲音對老師說：「我月經來了。」

正準備伸手去搶妍麗書包的學長縮回了手。老師面帶厭惡地瞪了我一眼，我也不甘示弱，目不轉睛地直視著他。當然，我的心怦怦直跳、如同被重錘敲打一般，但我還是故作鎮定、沒有表露出來。幸好又有幾名同學紛紛表示抗議說這麼做太過分了，老師才勉強說了一句：

「喂，那就檢查幾個不唸書的算了。」

二年級的學長和老師選出京美和美貞那夥人，雖然那些被指名為不唸書的同學假裝若無其事地打開了書包，但臉都十分僵硬。剛好與我四目相對的京美怒瞪著我，握緊了拳頭。

5

聽到媽媽的聲音，我睜開了眼睛，又到了早晨。今天也和昨天一樣，為了轉學的事跟媽媽吵了一架後才去上學，然後一如既往的在路口遇到珉宇。

珉宇見到我，嘆了口氣，「泫瑞，我又被扣分了。」

「為什麼？」

「我在走廊穿外套被沒收了。該死的，那可是The North Face……但我昨天晚上看到三年級的學長穿著我的衣服回家了。」

「怎麼有這種事？跟他要回來啊。」

「我要了，但他說反正那件衣服要放在學生會保管一個星期，所以這個星期那件衣服歸他所有。」

「那就去跟德根講啊。」

「妳覺得跟他講有用嗎？如果學長說是借穿的，他又能怎樣。」

「真應該向教育部舉報他們。」

「舉報什麼？」

「舉報他們假借檢查制服的名義肆意沒收學生的衣服，還有老師對學生會的人擅自穿沒收的衣服也視而不見，說是校規，強行剃學生的頭髮、剪學生的制服。何止這些，那些學長姐在餐廳欺負學弟妹、行使暴力，老師也不管，還讓高年級的管低年級的，隨便亂翻我們的書包。他們做的那些事，講都講不完！」

「我們向教育部舉報的話，教育部就會阻止學校那麼做了嗎？妳覺得可能嗎？」

「那也不能就這樣一直任由他們欺負吧？」

「我阿姨是高中老師，她說我們不能盲目地採取行動，教育部也要有學校濫用服裝儀容規定打壓學生人權的證據，才會到學校調查。我們必須先掌握證據，正式向校長抗議，最後才能向媒體和教育部舉報這件事。但就算我們做了這些，贏面也不大。」

珉宇的一番話讓我漸漸失去了信心。

「那之前發生過的事，講了也沒用囉？」

「是啊。」

「要想掌握證據，不就還得隨身帶著相機？」

「萬一被學長姐發現，可就死定了。」

珉宇和我長嘆了一口氣。眼看就要到學校了，美貞和京美突然從文具店旁的小巷冒了出來。

美貞歪著身子，用挑釁的口吻叫住我：「喂，江泫瑞，妳過來一下。」

我的心臟猛跳，但還是盡力裝作若無其事地對珉宇說：「你先走吧。」珉宇露出擔憂的表情，就在他不知所措時，美貞抓住我的手臂把我拽進了建築之間的狹窄小巷。那裡是抽菸的孩子聚集的場所。美貞教京美在巷口把風，然後把我推到牆角。

「都是妳，害京美第一個被檢查書包。」

我的心跳加快，但還是直視著美貞的眼睛反問：「為什麼是因為我？」

「妳要是不多管閒事，不就全班都檢查書包了？憑什麼只檢查我們的？還有，京美要來探望我，讓妳出點錢，妳也不願意？我上次過生日妳也這樣，妳膽子可真大，連三年級的學姐都讓我好好教育妳呢。」

美貞的話音未落，便一拳打在我的肚子上，我摀住肚子向前傾倒在地。但還沒等我喘過氣，美貞便脫下鞋子，用腳跟猛踹起我的背和側腰。我覺得腰快斷了，腸子似乎也快要炸開。京美見我不停發出慘叫，立刻上前摀住了我的嘴，接著又是一頓毒打，我感到頭暈目眩，胸口發悶，呼吸困難。

「美貞，七點五十分了。到此為止吧，被德根抓住就不好了。」京美看了一眼手錶，阻止了美貞。

「到時間了？」美貞笑著扶我起來，仔細檢查了一遍我的身體，然後對京美說：「看不出來吧？」

「完美。」京美用輕快的聲音附和。

「等一下到學校要是被人看出妳挨過打，妳就死定了，知道嗎？」

面對美貞的威脅，我下意識地點了點頭。眼淚奪眶而出，我覺得自己太懦弱了。美貞又威脅我不准哭。我痛得難以直起腰，胸口也很痛，只能扶牆吃力地站著。美貞和京美挽著我的手臂走出小巷，但上學的學生和經過的大人都對我漠不關心。我感到既害怕又孤單，雖然鼻子很酸，但還是強忍住眼淚。經過校門時，京美和美貞用力挽住我的手臂，緊貼在兩側。誰也沒有察覺到我很難受。走進教室時，美貞和京美貼著我的耳朵再次威脅：

「妳要是敢把這件事說出去，我不會放過妳。」

我不知道早自習是怎麼熬過去的，好幾次都很想吐，但還是忍住了。

妍麗轉過頭，擔心地問：「泫瑞，妳不舒服嗎？臉上一點血色也沒有，去保健室吧。」

我擔心被美貞和京美看到，搖了搖頭。晨會時間，老師走進教室。為了不被老師察覺，我挺直腰板，但肚子痛得很厲害，一直冒冷汗。我實在撐不住了，最後趴在桌子上。老師叫了我的名字，問我哪裡不舒服。在同學們七嘴八舌的聲音中，美貞的聲音傳了過來：

「泫瑞說經痛很嚴重，不如我送她去保健室吧？」

老師用不耐煩的聲音回答道：「去吧。」

6

校護老師滿臉疑惑地看著我，然後教我躺下。美貞觀察著老師的神色，裝模作樣地取來止痛藥，要我服下。美貞拉上簾子，坐在床邊，拿出手機找了一張砍下某人脖子的貼圖在我眼前晃了晃。我很清楚她是什麼意思。美貞一邊觀察著校護老師，一邊在我身邊晃來晃去，直到老師教她出去，她才不情願地離開了保健室。老師拉上簾子，教我先睡一覺。

不知過了多久，有人把我搖醒了。我睜開眼睛，只見班導師和金德根老師俯瞰著我。金德根老師望著我的眼睛，不由分說地質問：「妳怎麼回事？為什麼不告訴老師？」站在一旁的班導師也插嘴：「這麼痛苦就應該講出來啊，她們一直都在欺負妳吧？」就在我不知道該說什麼才好時，校護老師走了過來，她推開兩位老師來到我身邊，攙扶起我。

「我把車子停在樓下了，我們去醫院。」

聽到校護老師的話，班導師突然親切地說：「好，那妳先跟校護老師去醫院。我們跟校長開完會馬上趕過去。那泫瑞就先拜託您了。」

校護老師沒理睬班導師。我上車時，看到同學們都跑出來看熱鬧，就連教務主任也出來送我們。

校護老師發動汽車時，喃喃地說：「可笑，真是看不下去了。」

我好半天都沒有講話，只是瞪大雙眼看著老師。

「我一直都看不慣這間學校處理事情的方法，沒想到事情會演變到這種地步。一定要出現犧牲者，他們才肯正視問題。」

我感到頭暈目眩。

老師接著說：「妳別擔心。我看過了，只是皮肉傷，但還是去醫院做一下檢查。妳睡著後，老師看到妳身上的傷，覺得很不對勁，去找你們老師時，辦公室已經亂成一團了。一年級的金珉宇看到妳被人拽進小巷後跟了過去。他是妳的朋友？」

「嗯，國小同學。」

「他說覺得妳會被打，所以跑到文具店旁邊的二樓，從二樓鋼琴教室的廁所窗戶能看到那條小巷。」

「嗯。」

「他用手機錄下整個過程，然後上傳到學校網站，還爆料給報社和警察局，所以學校才亂成一團。」

「什麼？」我大吃一驚，嚇得心跳加速。

「怎麼辦？那些學長姐一定不會放過珉宇的！美貞和京美跟他們關係很好……珉宇為什

麼要做這種傻事……」

「別擔心，既然事情已經發生了，學校勢必要解決校園暴力的問題。老師覺得這是一個開端。」老師看著我說。

雖然校護老師這樣講，但我還是無法安心，我不相信學校懲罰了那些人，就能徹底解決長期存在的校園暴力問題。這不是我希望發生的事，我只是想安靜地離開這間學校，轉學去別的地方，只要是一間檢查服裝儀容沒這麼嚴格、沒有像京美和美貞一樣的同學的地方，無論哪裡都可以。但也許就像媽媽說的，那樣的學校根本不存在。

發生這種狀況既教人擔心又害怕，但一方面心裡也覺得很痛快。大家視而不見的問題終於浮出水面了，再也沒有人可以對此事遮遮掩掩了。也許正如校護老師講的那樣，這不過是一個開端。

我打開車窗，用力吸了一口窗外的空氣。從現在開始，我需要拿出真正的勇氣，不再逃避，不再視而不見的勇氣。

守護夢想的照相機

1

與班導師談完話出來時，太陽已經落到公寓的後面。夏天就要結束了。第五堂體育課時，陽光還很炙熱，大家都不得不塗上一層厚厚的防晒霜，但不知不覺間，橫穿操場吹來的風已經讓人感受到涼意。已經傍晚了，仍能聽到校門對面的住宅區傳出的怪手聲，咯吱——噹、咯吱——噹。最近學校周圍都是建築工地，怪手和金屬的聲音、什麼東西倒地和砂石車出沒的噪音，吵得我們根本沒法正常上課，只要打開窗戶，書桌上就會落一層白灰。上下學時，大家都要提心吊膽地走在這些進出建築工地的混凝土攪拌車和砂石車之間。

我剛走出校門，就被砂石車的喇叭聲嚇了一跳。沿著聲音傳來的方向望過去，只見砂石車的司機指手畫腳地斥責著一個騎腳踏車的男生。那個男生似乎是想從砂石車和轎車之間騎過去時突然停了下來。我趕快拿出手機拍下了那一幕。

「亞嵐啊！」妍書從馬路對面的小吃店跑出來叫住我，問道：「談得怎麼樣？」

「老師要我好好想想，但我說怎麼想都一樣。妳呢？」

妍書的目光出現了動搖，小心翼翼地說：「我也是。但聽其他同學說，老師因為這件事天天被教務主任叫去訓話。別的班沒有不參加補課的學生，但我們班就有兩個人。」

聽完妍書的話，我沒做任何反應，但心裡更沉重了。

去年新任校長的目標是，要將位居全國學力評鑑倒數第一的我們學校，打造成全國第一的名校，於是從他上任的第二學期開始，國文、英語和數學均按照等級分班授課。每次上課把同學們分為上、下兩個班已經夠讓人不舒服了，現在連補課也要分什麼名牌班和上、中、下三個班。於是，第一學期期末考成績很慘的我，國文和數學分到了中班，英語分到了下班。

下班主要由嚴厲、或像我們班導師這樣經驗不足的老師負責，名牌班和上班則交給有人氣、有實力的老師負責。按照成績分班上課已經心情很糟了，更教人氣憤的是連老師也要按照優劣分配。所以我才會在家長通知書上是否願意參加補課的「否」上打勾。交家長通知書的第二天，老師找來不想參加補課的學生進行談話，我和妍書也被叫去了。

老師一臉為難，小心翼翼地問：「妳們為什麼都不想參加補課呢？」

「一年級時參加過，沒有什麼幫助。」

聽到妍書的回答，老師板起臉來，「妍書，這次不一樣，妳可是名牌班啊。名牌班會由我們學校最有實力的老師授課，而且跟補習班的時間也不衝突，妳就參加吧。」

妍書瞥了我一眼。妍書最近沒有去補習班了，因為她媽媽經營的嬰兒用品店所在的綜合商街正面臨都更，已經兩個多月沒有什麼生意了。雖然阿姨在關了門的店門前擺攤賣著庫存，但連生活費都賺不到，妍書的哥哥也因為去年春天繳不出學費而休學了。

「妍書啊，能進名牌班是很不容易的事，學校也會全力支援名牌班。怎麼能說補課沒有幫助呢，補課絕對不會妨礙成績的。妳回家跟媽媽再商量一下，我們明天再說吧，嗯？」

我希望妍書堂堂正正地給出否定的答案，就像她在同學面前說的那樣，這種補課太不平等，這不是按照水準分班，而是對學生的差別待遇。比起成績差的我，老師一定會傾聽成績好的妍書的話。妍書卻只是乖乖地點了點頭，我的心漏跳了一拍。但我安慰自己這沒什麼，反正不參加補課是我個人的決定。

老師的視線從妍書轉向了我。「亞嵐，妳一定要參加補課，妳第一學期期末考的分數那麼低，才分入下班。這次努力一點，升到中班吧。」

「我補了課也不能升到中班。說實話，上課時大家都在聊天，根本沒辦法專心，而且學校也不在乎下班啊。我還是自己讀吧。」

老師的表情僵住了。老師也明白我的話是什麼意思。一年級時，她負責教下班英語，剛當老師不到兩年的她心地善良，上課時根本管不住不聽話的同學。下班有很多不唸書的同學，他們非但不聽課，還在課堂上吵吵鬧鬧，有的同學乾脆聽起音樂，或用手機追劇。好幾次，老師都被不聽話的同學氣哭了。我覺得老師很可憐，所以打起精神認真聽講，還被其他人取笑說成績那麼差，裝什麼好學生。雖然下班也有想認真唸書的同學，課堂氣氛卻一直亂糟糟的。更何況這次不是正規課的下班，而是補課的下班。正規課六個班級，三個上班，三個下班，而補課的下班就有六個班級，其中英語成績最差的同學就占了三十五名。

「老師明白妳的意思，老師也很擔心。但學校的方針是讓全校學生都參加補課。妳們在晨會上也聽到校長講話了，我們明城市可是全國學力評鑑倒數第一，而且我們中區的教育部在明城市也是倒數第一。教育部一直向學校施壓，希望學校提高成績，所以校長正打算關掉跆拳道和足球社團呢。補課安排在放學後，如果不參加補課，妳們也沒地方去。」

老師的話讓我渾身不自在，彷彿連一條退路也沒有了。

從第一次跟老師談話已經過去了三天。起初光是我們班就有十多名不想參加補課的同學，如今只剩下我和妍書，說不定很快就只剩下我一個人了。

2

「我真的不想參加補課。」

老師聽到我煩躁的口氣，近乎懇求地說：「金亞嵐，妳的脾氣也太硬了，就不能幫幫老師嗎？」見我一直沉默不語，老師放棄地說：「好吧，那妳就先參加這一個星期。針對不參加補課的學生，學校還沒制定出對策，反正補課安排在放學後。」

我走出教室，咬緊牙關。好吧，那就參加一個星期。

*

走進英語教室，我連連打起了噴嚏。因為我有過敏性鼻炎，只要到灰塵多的地方，連眼睛都睜不開。英語下班的教室原本是倉庫，就算我們成績再差，也不能把倉庫當作教室上課吧！我還以為愚人節改到了九月呢。

走進教室的老師似乎也嚇了一跳，她環視四周，長嘆了一口氣，一臉愧疚地說：「同學們，對不起，這裡沒有廣播設備，所以聽不到鐘聲。老師會注意時間，大家也幫老師看好時間，現在是三點四十分，等到四點二十五分的時候，記得提醒一下老師。」

聽到老師的話，在座的同學交頭接耳起來。但老師接下來的話，更是徹底讓我們啞口無言。

「還有，這裡沒有電視，也沒有音響設備，所以沒辦法做聽力測驗。太對不起大家了。」

短暫的沉默過後，坐在後面的同學抱怨四起。

「哇，真是驚人，也太過分了吧？就算我們成績差，也不能這樣對待我們吧？」

「沒關係啦，反正我們也聽不懂。」

教室後面甚至還傳出低聲的謾罵。老師不知所措，連聲跟我們道歉，她保證一定會想辦法讓我們做聽力測驗。雖然同學們的怨聲平息了，那種背叛感卻沒有輕易消失。

補課第二天，老師帶來了錄音機。

「來，同學們，今天我們用錄音機做聽力測驗。只聽二十分鐘，然後老師教大家一首英文歌。」

坐在前排的同學像是被老師的誠意感動，連連點頭。但感動也只是暫時的。老師把錄音機的插頭插在牆上的插座，錄音機卻毫無動靜。老師慌張地拿出手機打電話，只見老師的臉漸漸脹紅。

掛掉電話後，老師望向窗外做了一個深呼吸後，才緩緩開口：「同學們，對不起。這棟樓的電線出了問題，現在沒辦法使用插座。學校說下週才能修好。」

坐在後面的幾個同學咯咯笑了起來，還有幾個人生氣得直拍桌子。

老師慌慌張張地解釋：「對不起，你們也知道，學校教室不夠。等明年春天新建的教學大樓完工後，我們就能在有空調的教室上課了。大家再忍耐一下吧。好不好？」

已經心煩意亂的同學根本聽不進去老師的話。

「沒關係啦，反正學校早就放棄我們了。」

「無所謂了，老師也被學校騙了嘛。」

老師聽到同學們的無心之語，眼淚似乎也快要奪眶而出。

下課後走出校門，妍書說：「新來的英語老師超讚，又會講課又風趣幽默，時間一下子就過去了。你們呢？怎麼樣？」

我瞬間一股火衝上頭頂，沒好氣地反問：「怎麼樣妳還不知道嗎？有什麼好問的。」

妍書愣愣地看著我。「妳生什麼氣啊，我只是問問而已。」

「是喔，妳只是問問，既然妳這麼好奇，那我就告訴妳，我們的英語課超屌的！」

「我沒有別的意思，就是好奇問問。」

「我知道，所以我也只是回答而已。」

我嘴上這樣講，卻不是隨便說說的。因為傷了自尊心，所以我很生氣，這當然不是妍書的錯。她用功唸書進了名牌班，這不能怪她，況且她也沒說要參加補課。但我還是很生妍書的氣。我沒理睬一頭霧水的妍書，直接上了社區小巴，我明知道她正呆呆地望著我的背影，但還是沒有回頭。

我下了車，走進通往市場的地下道。昔日人來人往的市場，如今連路燈也沒剩幾盞了，四周漆黑一片。地下商街的商人們都在關了門的店門口擺攤販賣庫存，只見他們身後的橫幅上寫著標語「反對殺害租店商人的新城區！」、「這是為誰而建的名牌城市？反對建設殺害平民的名牌城市！」

妍書媽媽也在店門口架起「二折」的牌子賣著嬰兒用品。我斜眼看了一眼妍書家的店，只見阿姨穿著寫有「團結鬥爭」的軍綠色背心正和其他商人聊天。為了不讓阿姨認出我，我把臉轉到一邊，但從他們身邊經過時，聽到了他們聊天的內容。

「我還是得為了妍書撐下去，這次她進了名牌班。」

「名牌班？」

「嗯，她們學校連補課也分優劣班呢。」

「真是萬幸，別看妳在這裡賣仿貨，至少女兒進了名牌班……」

3

照片拍得真棒。朋友介紹才知道這個部落格。開了四十年的蔘雞湯店就要被拆了，真教人心痛。我也住在新城區，父母開的豬腳店也要關門了。我會常來這裡的——反對新城區！

昨天上傳到部落格的照片有人留言了。雖然只有一則留言，但有五個人點讚，而且部落格瀏覽人數已經二十人了。我很開心，在學校搞砸的心情這才好了一些。

餃子店門口的蒸鍋冒著熱氣，雖然店裡沒有客人，但媽媽和爺爺忙得不可開交。呼拉圈大小的蒸籠布上擺滿了光澤亮麗誘人、冒著熱氣的餃子，媽媽和爺爺正忙著把十個餃子裝進免洗餐盒。

「哇，團購嗎？」

「嗯，忙死了。妳快來幫忙，把醃黃蘿蔔裝袋，每五片一個塑膠袋。」

媽媽難得這麼開心。

「誰一次訂這麼多啊？」

「讀明城高中時的常客。他們在巷口的血腸店開同學會，大家說想吃我們店的餃子，所以一次訂了五十人份。」

「哇，這麼多！」

「妳看，我們的餃子多受歡迎！瞧瞧日本，有那麼多超過百年的烏龍麵和蓋飯店，韓國也應該有代代相傳的平民餐廳。」

聽到爺爺的話，剛才還很高興的媽媽臉色黯淡了下來。我們家的餃子店已有四十年的傳統，雖然店裡只有六張四人桌，但餃子的口碑非常好，之前生意興隆時，買餃子的人能排到十公尺外，最近週末也會有五、六個人排隊。我們家的餃子店位於連接販賣衣服、布料和餐具的舊市場，與出售小吃和水果的新市場路口處，而且距離市場不遠就是火車站，附近還有國中、高中和電影院，所以店裡有很多常客。爸爸從專科大學畢業後就跟爺爺學起包餃子，繼承了家業，夢想著能把這家店經營成百年傳統餃子店。如果明城市長不突然夢想著把明城市打造成名牌城市，爸爸的夢想也不會破滅了

兩年前，市長突然宣布計畫把老城區改建成新城區，還答應加倍補償商街業者、建設成現代化的商街。雖然經濟狀況好的人表示贊成，但市場大部分的業者都很反對。因為新城區商街無法容納原有業者，店鋪價格也高得驚人。最重要的是，租店做生意的業者根本沒有購買權，而且很難拿回最初租店時的額外租金。就這樣，市場業者分成了支持改建的團體和反對的對策委員會，爸爸就擔任了對策委員會的常務。自那之後，爸爸和委員會

的叔叔、阿姨動不動地就會被警察以妨礙公務罪、特殊損壞罪和傷害罪起訴帶走。三個月前，爸爸和委員長叔叔還被拘留了。

那天的事件起因源於負責都更的人擅自要拆毀漢陽布店。五十年前便在市場經營漢陽布店的老奶奶躺在怪手前說，要拆她的店，就先殺了她，結果幾個身材魁梧的男人把她抬起來丟到了路邊。市場其他商人見此情景憤怒不已，跟那群人起了衝突，皮鞋店的叔叔被打掉了兩顆牙，漢陽布店的叔叔被木棍擊中頭頂，縫了七針，爸爸的肩膀和膝蓋也受傷了。但那天被警察帶走的人就只有爸爸和市場的商人。建設新城區的狂風襲來之前，人們都說我爸爸是菩薩心腸的人，那樣的爸爸如今卻變成了暴徒。

從那天起，我開始在部落格上傳市場的故事和照片。爸爸被抓走的憤懣之情促使我把強制拆毀漢陽布店時拍的照片和影片上傳到部落格，即使只是部落格，我也想把這種委屈之情發洩出來。

沒想到的是，隔天我看到與我經驗相似的網友不僅訪問了我的部落格，還寫下安慰我的留言。我激動地點進那人的部落格，驚訝地看到他居住的韓屋村也變成了都更區域，原來不只我們因為建設新城區而遭到排擠。從那時起，我繼續用爸爸的老相機拍下被怪手拆毀、擁有五十年歷史的市場建築，以及那些一夜之間失去了生活基地的人們。我把這些照片上傳部落格，紀錄新聞從不報導的人們遭遇的不公事件。時間久了，訂閱和訪問部落格人數也增多了。爸爸的空位就這樣被填補了。

4

「亞嵐。」

聽到有人叫我，我回頭一看，是姸書的哥哥研宇。聽說去年春天他休學後在工廠打工，最近好像在送披薩外賣。

「研宇哥，你最近在披薩店打工嗎？」

「嗯，已經半個月了。妳等等和姸書來玩吧，我請妳們吃披薩。」

研宇哥打工的披薩店在巷口，連鎖披薩店一盤的價格在那裡可以買兩盤，所以很受住在我們家對面公寓的居民歡迎，聽說生意非常好。

「有趣嗎？」

「什麼？」

「送披薩。」

「送披薩能有什麼趣。」

「但你氣色看起來很不錯。」

「那可真是萬幸。妳呢？學業順利嗎？我妹要考首爾大嗎？」

「什麼首爾大，明城女高的名聲早就蕩然無存了。我們能考上首爾市內的大學就不錯了，住在延壽洞和桂陽區的學生更有實力。」

「細看都差不多啦……我先走了。」

我望著研宇哥的背影，內心感受到一陣涼意。我知道他是怎麼考上大學的，所以得知他休學後，心裡很不是滋味。研宇哥畢業於資訊產業高中，他在國二受到嚴重的霸凌後，便徹底放棄唸書了。研宇哥的性格開朗，很調皮，讀國小時還跟同學相處得很和睦，所以根本不知道他為什麼會被霸凌。也許是因為他比同齡的孩子矮小，或是活潑開朗的性格惹人看不順眼……總之，突然有一天，研宇哥莫名其妙地變成那些仗勢欺人的同學的霸凌對象。那時，妍書很擔心哥哥不肯去上學。

研宇哥好不容易國中畢業後，進了資訊產業高中，因為成績差，被分到自控工程學系。沒有人知道自控工程學系是學什麼的，研宇哥每天到學校也只是睡覺。高二時，他考了幾個與電腦有關的證照，才得以升入專科學校。因為妍書家開店鋪，無法申請低收入戶生活補貼金，所以研宇哥讀高中時打了很多工，像是在自助餐廳洗碗、在烤豬排店送煤炭、發傳單、送披薩、炸雞外賣等工作都做過。唸大學後，他也在便利商店、酒吧等地方打過工。但最後研宇哥還是不得不休學了。在妍書家，成績優秀的妍書自然成了全家的寶貝。我明知道他們家的苦楚，但還是難掩嫉妒之心。

＊

「金亞嵐，妳上來！」

已經午夜了，媽媽把我叫到二樓，表情異常嚴肅。坐在書桌前聽線上課的姐姐也一臉無奈的看著我。

「妳為什麼不參加補課？」

見我沒有立刻回答，媽媽追問：「到底為什麼不參加補課，還讓老師打電話到家裡來？妳該不會是擔心補課費吧？」

媽媽話音剛落，姐姐便用輕蔑的語氣說：「唉，妳也太不了解她了吧？她哪會擔心錢呢？她就是不想讀書。」

我瞥了一眼姐姐，沒好氣地說：「才不是呢！妳少在那裡自以為是！」

「那是為什麼？」

我猶豫了半天，吞吞吐吐地說：「因為很傷自尊。我們學校這次補課分了名牌班和上、中、下班。」

姐姐的臉立刻變得扭曲。「金亞嵐，妳該不會是下班吧？」

「下班又怎樣？」

「天啊，妳還真了不起。」姐姐對我嗤之以鼻。

我很不爽地瞪著姐姐。媽媽見狀，立刻插話：「亞嵐第一學期沒有時間讀書。妳每天晚自習到很晚才回家，所以不知道，那時候我天天跟妳爸跑法院，家裡都是亞嵐在幫爺爺照顧生意。」

姐姐見媽媽袒護我，一臉不滿，「媽，妳也管管她的成績吧，她這樣下去根本考不上大學，到時候變無業遊民怎麼辦？」

媽媽一邊看我的臉色一邊說：「亞嵐會努力的，只要參加補課，很快就能升到中班。」

我不得不告訴媽媽她的期待有多荒謬。我描述了下班教室的環境，以及與名牌班的差異後，又補充道：「媽，我不參加補課也能升中班。在下班補課更沒辦法唸書，那個班級根本不是為了補課而設的班級，而是為了不妨礙成績好的同學，把不唸書的人聚在一起的地方。」

媽媽脹紅了臉，但姐姐依然挑釁的說：「哪個學校不是這樣做的，越是這樣越應該拚命唸書，參加補課。你們這種成績差的，成績越差自尊心越強。」

姐姐的話徹底激怒了我。

「成績差的學生就沒有自尊心了嗎？妳成績好，有自尊心就可以，我成績差，連自尊心也不能有嗎？」

「我的意思是，妳要守住自尊，就得先用功唸書。誰願意聽成績差的學生談什麼自尊心、什麼差別待遇啊！」

「那成績差的學生在學校受到差別待遇就只能默默忍受嗎？等到以後成績好了，再把自尊心找回來？像話嗎？所謂的學校，不是該更用心幫助我們這種成績差的學生嗎？每次補課，我都覺得自己跟垃圾一樣，所以更討厭唸書了。」

聽我說完，姐姐繼續冷嘲熱諷：「妳不用功唸書，一輩子都得這麼活。」

我終於被姐姐的話氣哭了。

驚慌的媽媽責怪起姐姐：「妳當姐姐的，就不能好好講話嗎？亞嵐說得沒錯，學校應該更照顧功課跟不上的學生，幫助他們進步。不能像這樣袖手旁觀，差別對待學生。亞嵐啊，今天就先這樣。媽明天打給學校，再不然就去學校找老師談談。」

我蒙上被子躺在床上，媽媽傷心的表情一直浮現在眼前。給原本不知情的她增添了痛苦，我很內疚。如果能像姐姐說的那樣，若無其事地參加補課，不在乎什麼差別待遇，心裡至少能好受一些吧？但我就是做不到。

已經凌晨一點了，姐姐還在聽線上課。自從爸爸被逮捕後，姐姐更拚命唸書了。她曾經的夢想是考上教育大學，以後當國小老師。如果沒有建設新城區的計畫，如果爸爸不擔任什麼對策委員會常務，姐姐就不會改變夢想了。姐姐的夢想變了，她希望成為能賺大錢的CEO，或是握有權力的政治家。姐姐的夢想讓我很難過。

5

「那個，我決定參加補課了。」妍書難以啟齒地說道。

我明知她會做出這樣的決定，心裡還是很不是滋味。

「妳也知道我是我媽唯一的希望。我媽知道我進了名牌班，特地打給老師說我一定會參加補課。」

我一聲不吭，直接走回自己的座位，一整天都沒跟妍書講話。打掃教室結束後，妍書不知所措地在我周圍走來走去。最後沒辦法，我只好開口對她說：

「今天最後一次老師找我談話，所以我得留下來，妳先走吧。」

妍書垂頭喪氣地走出教室，我呆呆地站在窗邊望著她走出校門。小巴車站的另一頭，可以看到建築工地的大型起重機，看來很快我們家餃子店所在的明城市中央洞也會蓋起高層公寓，到時候我們就不得不離開那裡了。

老師比約好的時間晚了五分鐘左右走進教室，她的臉色很難看。剛才聽班長說，老師被校長叫去訓斥了一頓。據父母都是老師的班長說，今後學生的成績決定了教職員的獎金，所以學校才會比之前更用力提升學生的成績。如果真是這樣，可想而知我們班導一定每天都會被叫到校長室訓話。

「亞嵐，妳還是不肯改變主意嗎？」

「是。」

老師嘆了口氣。「除了下班的同學很吵，妳再講一個可以說服老師的理由。」

雖然有些話整日盤旋在我的腦海，卻無法輕易說出口。

「隨便說什麼都可以。」

我看了一眼老師的表情，似乎我說什麼她都願意聆聽，大概是被校長訓斥後，覺得怎樣都無所謂了。

「我覺得很不公平。就算教室不夠用，學校也不會讓名牌班的同學去那種地方上課。學校把成績差的學生當成累贅，無視我們，讓我們成為他人取笑的對象。我只是英語成績差，學校卻用英語成績判斷我是一個無可救藥、毫無用處的人。如果我參加補課，等於是自己承認了這一點，所以我才不想參加。」

我話音剛落，老師乾咳了幾聲，接著艱難地開口：「亞嵐，沒錯，的確會有這種感覺。相反的，察覺不到這一點的同學說不定才有問題。老實說，教務主任要我負責二年級英語下班時，我也很想哭。妳也知道，老師教學經驗不足，能力有限，覺得被學校排擠，而且在全校老師和同學面前曝光自己無能這件事，更讓人覺得丟臉。補課第一天，我好不容易調整好心態走進教室，可沒想到教室竟是那副模樣。雖然知道沒有廣播，但沒想到還境差到那種地步。我真恨不得調頭就走，但我是老師，只能故作鎮定地上課，但沒有一個人在聽……那瞬間，我只想到了自己。真的很對不起。但是亞嵐啊，老師擔心的是，妳因為這種叛逆心理而放棄自己，放棄唸書。」

我無法接受這種說法，氣呼呼地回答：「不參加補課不表示我放棄自己！我絕對不會放棄自己的！即使學校已經放棄我了……」

老師眼中的淚水消失了，她沒再提補課的事，而是問起妍書和我家裡的情況和未來志向。我瞬間愣住了。我的夢想是什麼？過了很久，我才想起之前的夢想是繼承爸爸的餃子店，做一個百年餃子店老闆。但那個夢想已經破滅了。我突然又想到了什麼。

「我想當攝影師。」

「攝影師？」

「嗯，拿著相機走遍世界各地，拍下不為人知的故事，介紹給大家。我想成為講述這世上的冤屈，還有必須讓人們知道的和感人故事的人。」

「真是一個偉大的夢想。那是什麼契機讓妳擁有這個夢想的呢？」

我把明城中央市場和附近社區要重建的事，以及拍照片上傳部落格的動機都告訴老師。老師說想看看我的部落格，打開電腦登入部落格的第一頁是我昨天上傳的一窩小貓咪照片。上週末，我在開了四十年的蔘雞湯店拆毀後的廢墟遇到了一隻母貓和幾隻小貓。那隻母貓偶爾會來餃子店跟爸爸討肥豬肉吃，牠們可能是躲藏在蔘雞湯店某處生活的貓咪，但就這樣突然失去了家。母貓伸出前爪，露出腳趾，保持警惕。我拿起相機把鏡頭對準那隻弓著背、發出攻擊叫聲的母貓。躲在母貓後面的幾隻小貓也學牠弓起背，立起尾巴，做出準備搏鬥的架勢。貓咪為了守住家園而準備搏鬥的樣子像極了市場的商人們，想到這，我的鼻子酸了。我覺得很對不起這些貓咪，但還是拍下了牠們，昨天凌晨兩點把這些照片上傳到部落格。

老師仔細地看著部落格上的照片說：「沒想到亞嵐還有這樣的一面，謝謝妳。」雖然不知道老師謝我什麼，但我覺得那是稱讚，聳了一下肩膀。

談話結束走出教室的時候，老師對我說：「亞嵐啊，明天開始，妳不用參加補課了。校長讓不參加補課的同學在圖書館自習。全校只有五個人。」

我如願以償了，但不知為何，心情卻很沉重。

我走出學校時，妍書突然從後面跟了上來。

「妳是跟蹤狂嗎？」我沒好氣地脫口而出。

「嗯。」妍書簡短地回了一句，她觀察著我的神色說：「亞嵐啊……」

看到妍書手足無措的樣子，比起愧疚，我內心更多的是生氣。

「幹麼？」

聽到我生硬的口吻，妍書小聲地回了一句：「我只有妳……」

「嗯？」

「一個朋友。」

我也是，我也只有妍書一個朋友，沒有人比她更了解我。我討厭那些反復無常的人，妍書和那些動不動就鬧情緒的女生不同。這次的事也不是妍書的錯，怪只怪我心煩意亂而已。妍書是一個正直、善良的孩子，我根本不想失去她這樣的朋友。但我還是說了違背內心的話。

「所以呢？妳先背叛我，害怕失去朋友了才來辯解嗎？」

妍書的眼裡溢滿了淚水。雖然我也一陣鼻酸，但我還是撇過了頭。

6

亞嵐，多虧了妳那美好的夢想，老師也重新找回了夢想。我要做一個幫助丟失夢想的孩子找回夢想的老師。身為負責英語下班的老師，我要認真想想怎麼能更愉快地教大家英語。老師會期待妳拍下更多、更棒的照片。

我回家打開電腦，登入部落格看到老師的留言。我讀了一遍又一遍，開心極了。為了不想姸書的事，我放下書包，換好衣服，準備去店裡幫忙。在去餃子店的路上，我停下了腳步，只見把長髮綁在腦後，戴著太陽眼鏡的張叔叔正在收起半價的牌子。如今他的攤位只剩下兩、三雙夾腳拖和軍靴了。

「叔叔，你在做什麼？」

「是亞嵐啊。再過幾天這裡也要拆了，我在收攤。」

「不可以！」

叔叔聽到我的話，瞪大了雙眼。

「叔叔，你不能關門啊。」

叔叔楞楞地看著我，他轉身走進店裡，招手讓我也進來。叔叔的店很小，寬還不到三公尺，牆上裝有陳列板，各種鞋子整齊地擺在上面，左側的櫥窗裡擺放著相同種類的鞋子。櫥窗後面是叔叔親手製作的桌椅，那個小空間是他的工作室。我讀國小時，店裡還有一、兩名幫手，第一位老闆——也就是叔叔的父親，也會坐在店裡製作鞋子，現在這裡卻冷清極了。店裡再也沒有縫製皮革震耳欲聾的縫紉機聲，也沒有噹噹的錘子聲，就連酸溜溜的皮革味道和令人頭痛的膠水味也都消失了。工作臺上方掛著五顏六色的線和舊到變成暗灰色的鞋子模具，橡膠槌、木槌、製鞋刀、小剪刀、半月形的刀子、形似鐵鍬的刀子、錐子和尺子則凌亂地擺在工作臺上。我的眼眶濕了。

「亞嵐，要不要喝汽水？」

叔叔從破舊、貼有淡綠色貼紙的小冰箱裡取出汽水遞給我，但我搖了搖頭。叔叔的冰箱裡總是有各種飲料，所以小時候我經常跑來店裡玩，但現在我再也不想看那些飲料了。

「如果叔叔的店也關門，那我去哪裡玩呢？」我的聲音哽咽了。

叔叔坐在椅子上對我說：「是啊，我以後去哪玩呢？」

叔叔戴著太陽眼鏡，看不到他的眼睛，但我可以聽出他也哽咽了。

「太傷心了。」

「就算不拆這裡，這活也做不久了。沒有人來買鞋，也沒有人來學技術。到處都是從越南和中國進口的廉價鞋……就算不拆店，叔叔也打算換份工作了。」

這些話在叔叔和爸爸喝酒時，我在旁邊也聽過，但爸爸每次回家後都說：「那傢伙不會換工作的，他只會做鞋……」

我呆了半晌，然後從包裡取出相機，拍下店裡落滿灰塵的每一個角落和那些鞋子，然後走出門又拍下寫有「Jang's 皮鞋」的招牌。用壓克力顏料在白鐵皮寫下粗體字的招牌既破舊又土氣，但叔叔始終沒有換掉父親掛上去的第一個招牌。這間鞋店比爺爺的餃子店早開了一年，第一個老闆是叔叔的父親張爺爺。張爺爺在美軍部隊前的手工鞋店學習了製鞋技術，然後在市場開了這間手工皮鞋店。張爺爺的製鞋技術傳給了與爸爸同歲的張叔叔，叔叔製作的鞋子既結實又特別。銷量最好的是經典款皮鞋，叔叔還會不斷設計新款，各種顏色的皮涼鞋和男款粗跟皮鞋，以及從美國電影獲得靈感後，用烙鐵印上花紋的軍靴。據說之前在夜總會和俱樂部演奏的人也會遠道而來，買張叔叔做的男款粗跟皮鞋。不僅如此，張叔叔還設計了很多連知名品牌也沒有、可愛又獨特的皮鞋，深受老顧客的喜愛。兩年前，張叔叔的鞋店還上了電視，當時吸引來很多顧客，無奈好景卻不常。我很喜歡店裡皮革和膠水的味道。

「叔叔，你站過去。」

我讓叔叔站到縫紉機旁的工作臺前，幫他拍了一張照片。叔叔的長髮整齊地梳在後面，穿著繡有金邊的黑襯衫，戴著太陽眼鏡。叔叔這身打扮吸引了很多老顧客。叔叔說當年唸工高時，夢想是成為像貓王的歌手，所以到現在還很喜歡穿喇叭褲。

我拍到一半突然停下來，問道：「叔叔，那你現在的夢想是什麼？」

「夢想？這把年紀還談什麼夢想。」叔叔不好意思地笑了。

「你想想看嘛。」

聽我追問，叔叔回答說：「就繼續做皮鞋囉。」

戴著黑色太陽眼鏡的叔叔站在街對面，親眼看著自己的店被拆了。店拆毀後，叔叔繞著變成廢墟的店走了幾圈，然後來到餃子店點了一份餃子。叔叔的手在做皮鞋時留下了大大小小的傷口，他用那樣的手吃著餃子，離開時和爺爺握了握手。我用特寫拍下了他們緊握的雙手，爺爺和叔叔的手，蘊含著明城中央市場的歷史。

7

「這些照片真的都是妳拍的？」姐姐從我背後看到張叔叔的照片，大吃一驚地問道。
「嗯。」
「拍得不錯嘛。」
姐姐第一次誇我。我正要高興時，姐姐彈了一下我的額頭。
「所以說教妳用功唸書。不想荒廢這種才能，就得唸大學。」
果不其然，姐姐就只有這一個結論。
聽到她這樣講，我忍不住追問：「那妳覺得用功唸書就可以解決所有問題了嗎？」
「嗯。」
「為什麼？」
「我們被趕走，沒有任何錯的爸爸被抓走，都是因為我們沒有能力。要變得有能力，就要成功。像我們這種沒錢沒勢的人要成功，就只有用功唸書這條路。」
「但也不能保證成績好就會成功啊。」
「沒錯，但至少從首爾、高麗或延世大學畢業後，可以獲得成功的鑰匙。到時候可以找到好工作，也會得到社會的認可，而且從那些大學畢業的人一定會有很多成功的人，到時候我接觸的人等級也就不同了。」

「等級不同？也是，我們英語老師也說最近首爾大學的學生中，多半都是住在江南區的人。但就算這樣，妳又能有什麼改變呢？等妳進了大學，一定是要打工的，可能根本沒有時間跟那些條件好的同學玩在一起吧？妍書的哥哥唸私立專科也因為學費吃了不少苦頭呢。除了首爾大學，其他學校的學費都很貴吧？」

姐姐看起來很不高興，表情立刻僵住了。

「是啊。我進了大學也還是要吃苦，別人玩的時候，我要唸書、打工。但我不會放棄的，要成功，這點苦還是要吃的，這是成功的基礎。這都是我們經濟老師說的，我絕對不會氣餒，一定要成功。等我有錢有勢了，就可以擺脫這破市場的餃子店，更不會因為守護這種爛地方而拋棄家人。」

聽到姐姐的話，我一股火衝到了頭頂。

「妳這話什麼意思？妳是說爸爸拋棄我們嗎？」

「雖然他不是故意的，但就結論而言是一樣的。」

「妳、妳真的好過分。妳怎麼能這麼講爸爸？妳在家裡隨心所欲，不幫忙做事，只顧自己唸書。爺爺和媽媽賣餃子賺的錢都給妳拿去聽那麼貴的線上課，還要買練習題。我們家的情況根本負擔不起這些。家裡對妳百依百順，妳竟然這麼講爸爸？守護市場的商人就等於是守護我們全家人，爸爸什麼時候拋棄我們了？」我氣得頭髮都要豎起來了。

「他應該趁早拿了補償金，帶我們離開這裡。」

「離開這裡，那爺爺和爸爸要做什麼？」

姐姐沉默片刻後，冷冷地說：「所以說不唸書才無知，最後什麼也不會做。就因為這樣我才要用功唸書。妳不要打擾我了。」

我簡直快被氣死了。我憤怒地追問：「等妳進了名牌大學的企業管理系、當了CEO，或成了政治家以後呢？妳會幫助像我們這樣的弱者嗎？妳怎麼比我還搞不清楚狀況？這不是市長一個人的決定和問題。妳看看，市場附近徒步十分鐘就有三家大型超市，而且負責都更的建築公司老闆是市長的高中同學。那些被建築公司矇騙的支持者也跟他們同流合汙了。妳不知道嗎？這不是市長一個人的問題。等妳有能力了，妳一個人就能和他們對抗嗎？妳知道爸爸因為這件事跟市政府對抗時，最辛苦的事是什麼嗎？是那些為了一己私利而不顧全體利益的人。妳以為妳一個人的成功就是成功？絕對不是那樣的。」

姐姐從書包的側口袋裡取出粉紅色的橡膠耳塞，塞進耳朵時她說：「妳少在這裡不懂裝懂了。我還能比妳更不了解嗎？就是因為了解真相我才這樣。妳不要妨礙我聽課了。」

我很受不了姐姐這種態度，她的冷漠無情徹底傷了我的心。看著她坐在書桌前的背影，我掉下了眼淚。

我很想理解妍書和姐姐，卻覺得很鬱悶。正如姐姐說的，她很有可能考進名牌大學，因為考試期間她只睡三個小時，她一定能達成目標。而且姐姐很聰明，她也一定會成功。但這樣的姐姐讓我痛心。我懷念她想成為老師的夢想，懷念和她躺在床上，睡前聊起各自的朋友，懷念和她一起做增高體操，懷念一起吃餃子、看電視的時候。

8

秋天了。倒塌的建築廢墟中長出了青苔和小野花。是從哪裡飛來的種子落在這座城市、開出花的呢？真是太神奇了。我拿出相機正準備拍攝這些小野花時，手機響了。是妍書。我猶豫了一下，接起電話，急促的聲音夾雜著哭聲傳了過來。

「亞嵐，出大事了，我媽和叔叔們跑上了商街的屋頂。」

「樓頂？為什麼？」

「不知道。商人代表說，市政府已經不肯跟我們對話了，這是最後的方法。他們跑上屋頂，說要堅持到市政府肯出面對話，否則不會下來。亞嵐，我們該怎麼辦？」

「妍書，妳別哭。我這就過去，妳等我。」

我趕到市場一看，警車和戰警大巴圍起了車牆。由於警察從市場前的路口開始圍起車牆，經過的車輛被堵得水泄不通，都在按喇叭。等公車的人和經過的路人都仰頭望著商街的樓頂。市場的商人們在樓頂的欄杆掛出了橫幅。

停止趕走老百姓的新城區開發。

反對為了名牌城市扼殺小商販！

牢記龍山慘案！

「亞嵐，在那，我媽在那裡。」我沿著妍書指的方向望去，只見阿姨戴著口罩從高處俯瞰我們，還用手臂比出了一顆心。妍書看到媽媽，又開始哭了起來。

「我媽說，如果市政府不準備臨時商街就不下來。」

妍書看不到媽媽後，不安地跺著腳，咬起了手指甲。我抓起妍書的手，帶她來到商街對面五樓的書店頂樓。在那裡可以看到在四樓屋頂抗議的人們。阿姨和叔叔們站在樓頂，手舉橫幅看著下面。看著他們的一舉一動，我回想起這段時間在市場發生的所有事。夢想成為老師的姐姐作起了政治家的夢，爺爺想包一輩子餃子的夢也破滅了，我和爸爸希望繼承祖業，把餃子店經營成百年老店的夢想，以及妍書家靠經營嬰兒用品店過日子的夢想也都破滅了。但即便如此，所有的夢想並沒有結束。張叔叔準備搬去比明城市更小的城市重開「Jang's 皮鞋店」，十二月爸爸出獄後，我們也會在明城市郊重開餃子店。我們一定會做到的。還有，我有了新的夢想。

我從書包裡取出相機，為了拍下跺著腳望向對面樓頂的妍書端起了相機，但因為眼淚，總是對不準焦距。今天我絕對不會放下相機，絕對不會把視線從妍書的媽媽和那些屋頂上的商人身上移開。

拳頭是謊言

1

天空飄起了鵝毛大雪。領路的黑白花狗在雪地裡蹦蹦跳跳，我和媽媽也開心地跑了起來。位於山腰的白鐵皮屋頂的房子裡，外公正在生火。我和媽媽走進家門，蹲坐在外公身旁，暖和著凍僵的手腳。

「要不要吃烤地瓜？」

媽媽從廚房一角的塑膠袋裡拿出地瓜，我和外公用鋁箔紙包好地瓜，放進只剩下通紅木炭的灶口。等待的期間，我用鐵棍碰了一下火光滅了的木炭，木炭隨即又迸濺出火星。我心裡暖洋洋的。面對灶口喃喃交談的媽媽和外公的表情也很愜意，看到滿臉笑意的媽媽，我的心更暖了。

「好了，取出來瞧瞧吧。」

外公抖掉鋁箔紙表面的炭灰，撕開燒得縐巴巴的鋁箔紙，剝去燒得如皮革般堅硬的地瓜皮，冒著熱氣、黃亮的地瓜看起來好吃極了。

「哇！看起來好好吃喔！」

我剛接過外公剝好的地瓜，突然有人走進了廚房。是爸爸。

「你們竟然背著我躲在這裡！趕快出來！」

媽媽躲在外公身後。爸爸把我拖到外面，他揮舞著手中的棍子不許任何人靠近。我就這樣被爸爸拽著走下了山。

「外公！媽！媽！」我心急如焚地叫喊著，卻不見外公和媽媽的身影。爸爸粗魯地牽著我的手，我哭了出來。

我哭醒了。原來是一場夢。我猛地坐起身看向牆上的時鐘。九點，又遲到了。爸爸還靠在衣櫃邊打呼，我看了一眼昨晚媽媽蹲坐的地方，褥子上只剩下一張孤零零的毛毯。為了不吵醒爸爸，我悄悄地下了床。因為肚子餓，我打開放在房門口的電鍋看了一眼，但裡面只剩下一層黏在鍋底、發黃的鍋巴。冰箱裡只有硬得如石頭般的炒鯷魚，和不知何時吃剩、已經變黃的鮪魚罐頭。我突然一股火湧上心頭。

「真是的，出門上班前怎麼不做好飯呢！」

但我又立刻想起昨晚被爸爸一腳踹倒在地的媽媽。我拿起丟在房間一角的書包走出家門。雖然不想去上學，但老師說再曠課就要叫爸爸來學校。我趕快沿著下坡路跑了下去。

2

晨會已經開始，老師站在講桌前講解補課的事，看到我便皺起了眉。我低頭走進教室，剛坐到最前排的座位上，老師便譏刺的說：

「哎呀，您終於大駕光臨了。」

老師的話讓我臉頰發燙。

「非常感謝您這麼晚才現身。」

老師目不轉睛地盯著我的臉，我趕忙垂下了頭。

「李錫，你倒是抬頭啊。」

我抬起頭，但視線一直垂著。

「你耳根的傷口是怎麼回事？」

「嗯？」

「左耳根那裡的傷口，看起來像是被打傷的？你現在還學會跟人打架了？」

「我沒有。」我摸了一下左耳根，摸到了凝固的血漬。

「早上你連鏡子也不照嗎？都不知道什麼時候傷到的？那裡都瘀青了。」

我這才想起早上起床時，耳根那裡很刺痛。昨晚被爸爸用遙控器擊中的畫面從我腦海裡一閃而過。

「你跟人打架了？」

老師見我沒有反應，連嘆了幾口氣後便沒再追問了。

「真拿你沒辦法。你不知道學校最近正在嚴抓校園暴力嗎？校外也是一樣，警察常來學校，你注意點，放學後我再找你談話。」

老師走後，教室立刻變得鬧哄哄。我想不起來第一堂課是什麼，看到身旁的同學拿出數學課本，但我的書包裡只有練習薄、一本筆記本和自動鉛筆。雖然覺得麻煩，但我還是走到置物櫃看了一眼，置物櫃裡也沒有數學課本。今天從第一堂課就不順利。

因為昨晚幾乎一夜沒睡，所以剛上課我就打起了哈欠。

昨晚，喝醉酒的爸爸剛走進家門，便呵斥正在看電視的我：「你這臭小子，現在都幾點了？不讀書，就只知道看電視！」

我假裝沒聽見，找到遙控器關掉了電視。搖搖晃晃的爸爸走過來搶下我手中的遙控器，我快速躲閃，還是被他仍過來的遙控器擊中了耳根。爸爸覺得不解氣，環視四周尋找著可以丟的東西，最後掏出口袋裡的手機。一直默不作聲，只在一旁疊衣服的媽媽這才衝過來擋在我面前。

「臭女人，老公進家門裝看不見，就知道袒護自己的兒子啊。」

爸爸可能是捨不得丟手機，才故意跟媽媽吵架，拿她出氣。

我從很小的時候就看著爸爸打媽媽長大。上幼稚園時，爸爸經營的印刷所關門後，他就沒有停止過酒後鬧事和暴力。爸爸把爺爺留給他的印刷所關門一事歸咎在媽媽身上，他總是說如果媽媽肯賣掉娘家半山腰那塊地還債，所有問題就可以順利解決。不光是印刷所，爸爸把所有不順心的事都怪在媽媽身上，連我功課不好也是。

印刷所關門並不是媽媽的錯。整條印刷街關門的印刷所不止爸爸一家，隨著電腦印刷術的發展和印刷市場不景氣，很多印刷所的生意越來越少，最後不得不關門。像爸爸一樣經營印刷所的叔叔們都去中國找工作了，但沒過多久他們又都回來，做起公寓警衛和代駕司機。只有爸爸固執地堅持不能就這麼關掉印刷所。

「生意好的時候，店裡可是請了五名員工。我可是這圈子裡有名的圖案設計師，知道我設計的喜帖和名片多受歡迎嗎？我們隅石社的網印技術可是數一數二的。」

爸爸甚至還說，媽媽沒文化，什麼像樣的技術也不會，根本不能支持丈夫做大事業。他整天嘮叨哪個叔叔託妻子的福又開了一家新店鋪，誰家的老婆有能力，換了一輛更貴的車。光說還不夠，最後乾脆動手。我恨爸爸，也受夠了一味容忍他耍無賴的媽媽。媽媽說這麼做都是為了我，但我希望的是，她能帶我逃到一個沒有爸爸的地方。但媽媽就只是每天晚上保護我，忍受爸爸的棍打而已，並沒有帶我逃出地獄。媽媽每晚都要忍受爸爸的家暴，隔天一早連飯也不吃就趕去工廠上班。每天都讓人害怕和厭倦，但媽媽只要我忍耐。

有時，我更恨這樣的媽媽。她真是笨得教人生氣。

接連上了數學、英語和家政三堂課，但我沒有課本，所以數學課被打了五下手心，英語課一直被罰站。即使有課本，我也不知道老師在講什麼，因為我一個字也看不進去，一句話也聽不進去。

家政課上，我一直望著窗外發呆。教室外面的落葉松又短又細的葉子變黃後紛紛落下，幾天前打給外公時，他說挖了很多地瓜，也晒好了秋天撿的栗子。我真想立刻跑去位於山腰上的外公家，去了那裡，我這顆馬上就要乾裂破碎的心才能變得濕潤柔軟。

我很懷念和媽媽住在鄉下的那段時間。我上幼稚園時，媽媽再也無法忍受家暴，帶我回了娘家。那時我真的好幸福，媽媽也很開心。我們幫外公做農活，也會到隔壁村的媽媽朋友家作客。媽媽跟朋友見面時，我會跟外公去割餵雞和山羊吃的草。外公不餵山羊吃飼料，而是會專程揹著揹架到村口的溪邊割草，還會到辣椒田和稻田裡摘草。外公說，等我長大了會成為一個好農夫。就在我受傷的心快要痊癒，媽媽身上的瘀青也快要消失時，爸爸出現了，他跪在院子裡發誓再也不會動手打媽媽。他在院子裡跪了一夜，隔天一早，媽媽便收拾了行李。我不想跟爸爸回家，但因為害怕，連話也講不出口。

外公對收拾行李的媽媽說：「把孩子留下，妳自己回去。他要是真能改過自新，到時候再來接孩子。」

但媽媽說，不想讓我變成一個沒有爸爸的小孩。媽媽似乎不明白比起爸爸，我更喜歡外公。

「城裡長大的人沒有根，稍微吃點苦就一蹶不振。人要把根扎進土裡才能獲取力量。那種對自己老婆和孩子施暴的傢伙沒有出息，讓孩子在他身邊，長大只會變得跟他一樣。」

聽了外公的話，媽媽也沒再多說什麼。

回到城市的我進了國小，媽媽也重新找了一份工作。爸爸為了重新做人，到中國天津的印刷廠當廠長，每三個月回家一次。媽媽每月存起了錢，那時的她看起來很幸福。但好景不長，爸爸去中國兩年後說要在那邊做生意，於是媽媽取出省吃儉用的存款，還把爺爺留下的房子也賣了。又過了兩年，爸爸變成窮光蛋回國了。

3

午餐時間終於到了。我的肚子從第三堂課開始就咕嚕作響，生怕被旁邊的同學聽到。雖然很想立刻跑去餐廳，但還是忍住了。我故意排在女同學後面，今天的菜是辣炒豬肉，我很想請打菜的學長多給我一點，但不好意思開口。打完飯菜後，我猶豫了一下要坐哪，最後選了安靜吃飯的女同學後面的位置。身後傳來我總是跟著女同學的閒話，但我假裝什麼也沒聽到。

午餐時間結束後，大家來到學校禮堂準備聽預防校園暴力的講座。今天輪到我們二年級了。從學校附近警察局來的警察講了一個小時，但我睡著了。

突然，一位警察說道：「那些不聽警察老師講課的學生，是不是做了什麼虧心事啊？」

不知道警察是在開玩笑，還是揣測出了什麼，同學們都嘻嘻笑了起來。講座結束後，警察發給我們名片，告訴我們就算是遇到輕微的暴力事件也一定要報警。

「我們把電話號碼告訴大家，是希望成為你們的良師益友，有什麼煩惱可以隨時聯絡我們進行諮詢，這會對預防校園暴力很有幫助。如果有需要，大家可以隨時打電話給我們。有手機的同學也可以加我們的通訊軟體。」

通訊軟體？就算我有手機也不會加警察的。我曾經向那些口口聲聲說預防校園暴力的警察報過三次警，但他們只出動過兩次，結果那兩次都說是家庭糾紛，直接回去了。那天因為我報了警，最後被爸爸扒光衣服趕出了家門。

下課後，我來到操場，我開始頭暈、身體沉重，每天一想到回家就會這樣。雖然在學校也只是放空，但至少比回家好。如果不想挨打，我就得早點回家，但我不想回去，而且口袋裡沒有錢也不能去網咖。就在我慢悠悠地走出校門時，班長燦植叫住了我。

「喂，李錫！你過來一下！」

「為什麼？」

「三年級的學長找你。」

我猶豫了一下。燦植在老師面前是一個功課好、有領導能力的優等生，但對於像我這樣成績差、軟弱的學生而言，他就是個惡魔。燦植是班長，而且健壯有力，還跟那些仗勢欺人的學長走得很近，所以班上同學都很聽他的話。燦植最討厭成績差、邋遢的同學，所以他從國小就很討厭我。

如果我告訴外公自己怕力氣大的同學，外公就會說，真正力氣大的人不會欺負力氣小的弱者。可是我遇到的那些力氣大的人都欺負力氣小的弱者。無論是學校，還是家裡。

我沒有直接拒絕燦植，而是含糊地說：「我得早點回家……」

燦植抓起我的手腕，拉著我說：「你這傢伙怕什麼，是很有趣的事啦，跟我來。」

燦植把我帶到學校和社會住宅之間的空地。去年春天以前，那裡的小巷兩側還是一間間用水泥牆和瀝青屋頂蓋起的小屋。但決定都更後，建築公司就破產了，所以那裡變成空地已經有一年了。市政府起初覺得廢墟很危險，於是在空地四周搭建了圍牆，但發現有國中生翻牆進去抽菸後，牆又被拆了。我看到燦植和三年級的學長站在那裡，還有一年級的鎮英。看到鎮英，我嚇了一跳。

其中一個學長說道：「聽說你和他國小打架打輸了？那就再打一架吧。」

我嚇得說不出話來。

燦植接著說：「李錫，再跟他較量一下。」

另一個學長插話：「喂，聽不懂嗎？我們要你跟他較量一下。」

三個人講著同樣威脅性的話，我怎麼可能聽不懂呢。我只是在想為什麼總是我遇到這種事。三年前因為燦植那夥人，我和鎮英打過一架，那時我小五，鎮英小四。

「給贏的人一千元。」

當時燦植和那夥人在我和鎮英身上下了賭注。當時，我無力地被鎮英壓在了下面。燦植還用手機拍下那一幕上傳到臉書。就這樣，五年級一整年我成了全班的笑柄。當時的恥辱仍歷歷在目，現在他們又要我和鎮英打架。

燦植哈哈笑著說：「喂，李錫。這次賭五千元。」

我看了一眼那三個學長，有一個人在學拳擊，還有一個從國小開始，就會從我身上搶走一、兩百元。他們都高了我一個頭，而且現在鎮英的身高和塊頭也跟高中生一樣了。鎮英哭喪著臉看向我，他和我一樣根本不想打架。鎮英只是塊頭大，根本沒有力氣。

我鼓起勇氣說：「我不想和鎮英打架。」但擠出來的聲音跟蚊子一般細。

「喂，李錫，幹麼這麼嚴肅嘛，只是開玩笑，誰要你們真打了？只是玩個遊戲啦。」

我很想反問，這是為了誰而玩的遊戲呢？

一個學長走到我身邊說：「別這麼嚴肅，不過是為了開心一下。」

那你們自己玩好了。這句話一直在我嘴裡打轉，卻始終沒有說出來。

燦植又站出來說：「李錫，你是不是怕輸給鎮英啊？」

「不是。」

「不是的話，為什麼不出手？」

「我、我不想打架。」

我想起口袋裡有警察的名片，但報警似乎太卑鄙了。

「真是的，你怎麼聽不懂呢？也是，難怪你成績那麼差。我再跟你講一次，這不是真的打架，而是遊戲、遊戲。」

我的心砰砰直跳，一直忍著想說的話。但燦植和那夥人把我和鎮英團團圍住，我害怕得閉上了嘴。他們下好賭注後，燦植收了錢。

一個學長像裁判一樣喊道：「三盤兩勝。你們可別讓對方啊。喂，胖子，你可不要因為是熟人就手軟啊。我一喊開始，你們就必須出手，不然我們就出手了。開始！」
聽到學長喊了聲開始，鎮英直接朝我撲了過來。眨眼間，我便被鎮英壓在了下面。
「喂，胖子一勝。」
一邊響起了歡呼聲，一邊傳來了謾罵聲。
「搞什麼，李錫，你這個廢物，都不會用腦嗎？飯都白吃了是吧？」
充當裁判的學長又喊道：「喂，鎮英、李錫，站好！第二局，開始！」
鎮英這次沒有立刻撲過來，開始猶豫不決，看來他覺得很對不起我。如果我這次也輸了，那幾個學長肯定不會放過燦植，但我也沒信心能用力氣贏過鎮英。我感到不知所措，我不能一味地撲上去，但就這樣認輸的話，又很擔心之後會發生的事。
鎮英從國小就很胖，總是會出很多汗。雖然夏天可以每天換衣服，但冬天沒辦法天天換洗，所以總是一身汗臭味，女生都不願意靠近他，男生也不肯跟他玩。鎮英奶奶——準確來說應該是曾祖母——因為高齡，沒辦法天天幫他洗衣服。鎮英的父母離婚後，把他丟給了祖母，但在他上國小時，祖母去世了，於是鎮英只能和八旬的曾祖母相依為命。鎮英和曾祖母住在我家附近的地下室套房，班上同學不知道我和鎮英家住在哪，就只是整天取笑他是一個愛吃鬼、傻瓜、愛哭鬼和胖子。
鎮英望著我，似乎馬上就要哭出來了。
「你們還等什麼，趕快動手啊。喂，胖子，你要是輸了，可是要賠錢給我們的。」

看到鎮英慢慢朝我走過來，我立刻俯身向他衝過去，用頭撞在他的大腿上，鎮英一下子向後仰了過去。摔倒在地的鎮英發出呻吟聲，燦植和幾個學長吹著口哨、捧腹大笑。

我擔心鎮英受傷，立刻問道：「鎮英，很痛嗎？對、對不起。我也不想這樣……」

鎮英沒有回答，只是默默地流淚。

「李錫勝！一比一！」在這種情況下，充當裁判的人繼續喊道。

「哇，太有趣了……臭小子，你們早就該這樣了嘛。喂，燦植，影片都拍下來了吧？」

「哥，你放心吧。」

我怒火中燒。

「喂，崔鎮英，趕快站起來啊，第三局了。把握時間，我還得去補習班呢。」

「喂，崔鎮英，這局你要是輸了，錢可都由你出喔。」

他們根本不在乎鎮英有沒有受傷。鎮英發出痛苦的聲音站了起來，眼淚不停地流著。鎮英沒辦法走路了。我感到很害怕。

裁判又喊道：「準備好，開始！進攻！」

我沒辦法再撲向鎮英，因為他走了幾步後，原地不動地杵在那裡。

「喂，你們搞什麼？我數三聲，必須有人先進攻。一、二、三！」

「真是的，這個蠢貨，白痴死了。喂，不過摔了一下，裝什麼病啊？」

「他好像被擊中要害了！」

「就算擊中要害，但能站起來就表示沒事吧。喂，李錫，你這局也要贏他喔。」

短短的幾年人生裡，還是第一次有人為我加油打氣。當然，他們都是在我身上下了賭注的人。鎮英突然癱坐在地。見狀況不妙，燦植幾個人竊竊私語起來，然後把剛才收的錢又分了回去。

燦植對我和鎮英說：「喂，今天的遊戲到此為止。我們得去補習班，明天再來一決勝負。胖子，你明天可不要裝病喔。李錫，你身手不錯嘛，刮目相看。」

一股熱氣在我胸口燃燒，直衝到喉頭。我再也忍無可忍了，我環顧四周，看到了丟棄在電線桿旁的木棍。鎮英仍坐在地上哭，燦植和幾個學長正往公車站方向走去。我趕快抓起木棍。

「你們這些混蛋，給我站住！」

燦植一夥人大吃一驚，轉過了頭。

「你說什麼？你是在叫我們嗎？這小子是不是瘋了？」

「你膽子真不小啊，想打架是吧？來啊！」

「我們補習班要遲到了，今天就算了吧。」

燦植一夥人意見不合，起了紛爭，看來這是我教訓這些一直戲弄我的傢伙們的機會。他們戲弄我，無緣無故地毆打我、霸凌我的時候，儘管委屈，我還是忍了下來，如今我再也忍不下去了。我眼前浮現爸爸怒氣橫眉的臉，以及每天挨打時不敢直視的那雙可怕的眼睛。我現在彷彿變成了爸爸，變成一個滿心憤恨、情緒失控的人。

「你們今天死定了。」

我舉起木棍朝燦植一夥人揮舞著，沒過多久，突然傳出了慘叫聲。

「喂，怎麼辦？燦植的頭流血了！叫、叫老師，快、趕快打電話。」

學長們驚慌失措的聲音傳進了我的耳朵，我癱坐在地。

4

媽媽接到老師的電話，連工作服也沒換就直接跑來了學校。

「對不起、對不起。」媽媽連事情的緣由都沒問，開口便低聲下氣地道起了歉。

「這次也怪其他幾個孩子玩笑開得太過分，教務主任才出面平息了這件事。幸好燦植的傷口不用縫針，燦植的母親也很通情達理，決定不追究了。但如果這種事再發生，我的立場也很艱難。李錫最近總是遲到，而且經常曠課，功課跟不上也就算了，變得這麼暴力可是會出大事的，您要嚴格管教他才行啊。」

老師的話音剛落，教務主任便接過話頭：「我好不容易才安撫了受傷學生的家長。這是怎麼回事？最近的學生都有手機，萬一拍照上傳到網路上，警察馬上就會找到學校來。想必您也知道，近來社會多重視校園暴力的問題。稍有不慎，不要說學生了，連我們老師也得跟著受罰。孩子們鬧著玩，可是會牽連到我們的，如今的老師可不好當啊，要是連學生家裡發生家暴都不知道的話，也有連帶責任。我們也不能一味袒護學生，這就是如今的現實。這次的事，不光燦植，連國一的孩子也差點被他擊中要害……嘖嘖，要不是那幾個學長攔下他，後果可真不堪設想！」

教務主任如此冤枉我，我恨不得一拳打在他臉上，但我只能忍下來。沒有人問我事情的經過，老師不問，教務主任不問，連媽媽也不問。

老師告誡我：「李錫，趕快跟媽媽道歉，保證以後再也不會這樣了。你再這樣，就真的要轉學了。今天燦植的父母還提出要求你轉學，多虧老師和教務主任勸阻了，知道嗎？」

走出教務處，我看向媽媽，她一副我犯了什麼滔天大罪似的手足無措，不，她如同罪人般垂著頭，就跟在喝醉酒的爸爸面前那樣魂不守舍，向比自己年輕很多的老師求饒。我突然很想反問老師，問她究竟知不知道燦植一夥人開了什麼程度的玩笑，以及我不得不動手的原因。但我很快放棄了這個念頭，因為要說這件事，就不得不把之前燦植排擠我、欺負我的所有事都講出來。但我知道，就算我說了也不會有人相信。一股熱氣再次從胸口衝上喉頭。

「老師，我會好好管教他的，保證以後不會再發生這種事了，真是太對不起您了。」

媽媽卑躬屈膝的語氣讓我氣得昏了頭，腦海中浮現出燦植一夥人的嘴臉，還有讀國小時，那些明知道鎮英遭受霸凌卻置之不理、袖手旁觀的老師們的嘴臉。我下意識地握緊拳頭，拔腿朝門口跑去。雖然背後傳來媽媽和老師的呼喊，但很快便什麼也聽不見了。

市場入口處的商鋪招牌亮了燈，市場前的馬路被下班車輛堵得水泄不通。我把手伸進褲子口袋，倚在麵包店的櫥窗前。我很冷，腿也很痛，已經沒有力氣再走了。我回頭看了一眼麵包店裡的鐘錶，六點半。從學校出來後，我跑了好久好久。如果不奔跑，我怕自己會對別人揮拳、破口大罵，在自己身上看到爸爸的樣子讓我很害怕。我跑到氣喘吁吁、再也跑不動時，抵達了市場。

我和媽媽去外公家時，曾在這個市場買過東西。對面的公車站停著往市外的巴士。我想起了外公，如果現在去外公家，他一定會很開心地迎接我。外公會立刻生火烤地瓜給我吃，還會講媽媽小時候和他自己年輕時的事給我聽，以及戰爭時期和村民的故事。外公會一直講到我不想聽了為止。我拿出手機，但手機沒電了。我猶豫了半天，走進公用電話亭，撥打了媽媽之前告訴我、可以由對方付費的號碼。

「喂？」

「喂？兒子？兒子，你在哪裡？」

「媽！」

「兒子，你現在在哪裡？」

「爸在旁邊嗎？」

「沒、沒有，他還沒回來。我一直找你到現在，你到底去哪了？」媽媽哽咽了。「兒子，趕快回家吧，不然爸爸又要打你了。」

「又不是一天兩天了，這次我不回去了。」

「你說什麼？」

「媽，我們逃走吧，我們去外公家吧。」

「怎麼又講這種話，我都說不行了。爸爸是愛你的，他不能沒有我們。」

「又是那句話。愛我們？愛我們為什麼要打我們？外公說了，以愛之名的暴力都是謊言，那不是男子漢該做的事，是卑鄙的行為。」

「李錫，你不能這麼沒大沒小。」

「為什麼不可以？爸爸不也隨心所欲地打我們嗎？昨天妳的腰不是受傷了？媽，妳到底知不知道我耳根的傷口？我流了血，還腫起來，我每天被他打得遍體鱗傷，打到都流血了，妳真的不在乎嗎？妳喜歡被他打嗎？」

「……」

「我再也不會去學校了，我不想上學，也不想待在家裡。」

「兒子啊……」

「媽，我現在總有打人的衝動，剛才打燦植的時候，感覺自己好像變成了爸。媽，我好害怕，我怕自己也得了爸那種病。」

「什麼病，你在說什麼？」

「外公說爸得了一種病，那種病根本無藥可救。我也像爸一樣，總是生氣，什麼也不想做。我好像得了跟他一樣的病。」

「……」

「媽，妳在聽嗎？」

「我在聽，兒子，媽知道了。你先回家，回家我們有話好好說。嗯？」
我沒有回答，直接掛斷了電話。
掛斷電話後，我在麵包店外又探頭探腦張望了半天，我的雙腿如同掛了沙袋般，很難再跨出一步了。我帶著僥倖心理又翻了一下褲子口袋，但裡面只有中午吃飯時擦過鼻涕、縐巴巴的紙巾。如果有錢，我就可以馬上去外公家了。但此時我再次意識到，沒有錢，我哪裡也去不了。

＊

媽媽煮好了飯菜等著我，我好久沒有吃過熱呼呼的飯菜了。她也沒有錢，但還是炒了豬肉，還拌了豆芽菜。我狼吞虎嚥地吃著飯，什麼也沒有多想。直到吃完飯，媽媽也沒有問我白天發生的事，她心裡似乎認定了是我先動手打燦植和鎮英的。但我也不想做任何解釋，因為我不想親口告訴她，自己像個笨蛋一樣天天被人欺負。
媽媽見我放下筷子，這才開口：「兒子，那個，爸爸是愛我們的，他是工作不順利才會這樣。我們是一家人，所以要忍耐。」
「他打妳是因為愛妳？」
「嗯，媽媽是爸爸覺得相處最自在的人，因為他不能在外面發洩脾氣。」
「那他就可以打妳？就因為愛？那他為什麼打我？這都是謊言，他不是因為愛，而是覺得我們好欺負。因為妳總是忍耐，他才覺得可以隨心所欲。因為我打不過他，因為我還小，他才動手打我。」

「兒子，你不能這麼想爸爸啊！」

「媽，妳喜歡這樣嗎？妳可以忍受嗎？因為愛妳，所以打妳，妳就可以一直忍受下去？那好，那妳讓我去外公家，不然乾脆送我去育幼院。我不需要他愛我。媽，我最近覺得自己快要爆炸了，我就跟炸彈一樣，只要在爸身邊，我就會恨不得燃爆自己，與他同歸於盡。」

媽媽的眼神搖擺不定，顯得十分不安，我可以看出她咬緊牙關在忍住不流淚。媽媽清理餐桌時，我抬頭看了幾次鐘錶，時針指向九點的時候，我開始心神不寧，因為不知道爛醉如泥的爸爸何時會進家門。媽媽洗著碗也一直不停地看時間。

我對著洗碗的媽媽的背影說：「媽，妳也很不安吧？」

媽媽沒有回答。洗好碗後，她打開小桌子坐在地上。

「寫作業吧。老師說你連作業也不寫，讓我看著你寫作業。媽媽在的時候，趕快做功課。」

沒辦法，我只好拿出英語課本和筆記本。雖然手中的筆一直在動，但我腦袋裡什麼也裝不進去。媽媽失魂落魄的楞楞盯著地板。快十一點了，媽媽才要我收拾好書包，在爸爸回來前趕快回房間。我才進房間，玄關門就打開了。

「搞什麼，這家的一家之主回來了，竟然沒一個人出來迎接。哼！」

我趕快躺在地上，閉上眼睛裝睡，心臟卻撲通撲通直跳。

「李錫那小子呢？」

「睡了。」

「睡了？老子都沒進家門，他竟然睡了？叫他出來。」

「兒子不舒服。發高燒，感冒很嚴重。」

「病了？」

房門哐噹一聲開了。我下意識地屏住呼吸，我必須裝睡，眼睛卻不自覺地眨了幾下。

幸好房門關上了。

希望我們可以平安地度過今晚。

5

天亮了，我躡手躡腳地來到客廳。媽媽圍著圍巾，穿著黑色絲襪準備去上班。爸爸睡得不省人事，他旁邊放著一根不知從哪撿來的鐵管。想到他可能用那根鐵管打媽媽，我渾身不由得顫抖了起來。

我走到媽媽身邊說：「媽，妳為什麼不反抗？我唸國小時，妳不是告訴我要勇敢，要做一個敢於對抗的人嗎？妳也應該這樣啊，為了正義，使用妳的拳頭。」

媽媽回頭看了我一眼。「你在說什麼啊？」

「妳天天唱給我聽的〈機器人跆拳V〉啊，我上幼稚園的時候，妳不是要我做機器人跆拳V嘛。」

媽媽面無表情地看著我，給了我一些錢，「媽沒做飯，你到學校門口買個飯糰吧。兒子，拳頭不是正義，使用拳頭的人不是和平的使者，你可不能那樣啊。」

媽媽走出家門後，我也趕快穿好衣服，我必須在爸爸醒來前趕快離開。我看了一眼鐵管，雖然很想把它丟掉，但我沒有勇氣。我沒洗臉，只是抹掉眼屎便揹上書包出門了。

媽媽把我從外公家接回來後，送我去了跆拳道道場。爸爸去中國後，每次我跆拳道晉級升段，媽媽就會對我說，你要做一個維護和平的人，不能因為學了跆拳道就對弱者使用暴力，一定要在維護正義的時候才使用拳頭。不知從何時開始，我會想像著對爸爸前踢、後踢、擊倒他。但媽媽今天卻說，拳頭不是正義，沒有正義的拳頭。她還謊稱爸爸是因為愛我們才打我們。她為什麼要對我說謊呢？我很氣媽媽。我最近總是生氣，所以我很害怕，這樣下去會變得跟爸爸一樣。

放學回到家，媽媽打電話來：「兒子，媽今天有聚餐。」

「那只有我一個人在家？」

「我打給爸爸了。媽很快就回家，你別擔心。」

我晚飯吃了泡麵後就早早躺下了。聽到玄關門打開的聲音，我立刻用被子蒙住了頭。爸爸走進我的房間，用腳踢了我兩下。

「喂，出去買點酒。」

「爸，我生病了。」

「一個男孩子動不動就生病。你什麼也沒做，還生什麼病！」

沒辦法，我只好去超市。超市的爺爺遞給我燒酒時，嘖嘖砸著舌頭。

「剛才看你爸喝得爛醉回家，現在又叫你出來買酒？那種人怎麼不早點死，只會拖累自己的老婆和孩子。」

我把燒酒放在爸爸面前，然後走進自己的房間。我的眼眶紅了，我暗下決心，無論今晚發生什麼事，我都不會打開房門。快十點了，我從抽屜取出棉花塞住耳朵，然後蒙上被子。我剛睡著沒多久就被吵醒，聽到廚房傳來東西摔碎的響聲和慘叫聲，但我只是蒙著被子唱歌。因為只有這樣，才不會聽到外面的聲音。我睡著後又醒了，外面靜悄悄的。我很擔心媽媽，於是悄悄打開房門。只見爸爸躺在廚房地板上睡死了，我走到廚房裡面，看到媽媽正在用掃把清理摔碎的碗盤。廚房裡所有東西都不在原位。我隱約看到媽媽的手腕綁著布條。

「媽！妳受傷了？」

「怎麼醒了？趕快回房睡覺。」

媽媽講話時，連看也沒看我。

「妳真的沒事嗎？手怎麼了？」

「沒事，就是不小心劃了一道小傷口。別吵醒你爸，趕快進屋關上房門睡覺吧。」

「媽！我們逃走吧。嗯？」

媽媽沒有反應。

「煤油都用光了，家裡會很冷，你在地上鋪張褥子再睡。」

媽媽的臉頰腫了，脖子處也有瘀青。我在心裡默唸了一句：白痴。

我關上房門，直接躺在了地上。

*

「李錫，起來、快起來。」

不知道睡了多久，我被媽媽吵醒了。

「兒子，趕快起來，快點！」

「怎麼了？」

「快起來，穿上外套。」

「現在幾點？」

「五點半。」

媽媽把書包遞給我，要我趕快揹上。我沒多想，只是照媽媽說的話做。爸爸仍躺在地上，看上去就像一道影子。我跟媽媽走出家門，外面霧氣瀰漫。走到巷口時，我回頭看了一眼，但霧太大，什麼也看不清。

「準備好，現在要跑了。」

剛走出巷口，媽媽便朝斜坡跑了下去。媽媽跑得非常快，在大霧中我好幾次都差點跟丟她。媽媽迅速攔下一輛計程車，對司機說要去長途客運車站。坐在車裡的媽媽一直在發抖。

「媽，我們要去哪？我們現在是在離家出走嗎？」

媽媽點了點頭。我在昏暗的計程車裡看到媽媽腫腫的臉頰，還有綁在手腕上的布條。

我緊緊握住她不停顫抖的手。

「媽，妳真的沒事吧？」

我們在長途客運車站下了車，然後直接搭上往外公家的大巴。媽媽才剛入座，便把頭靠在椅背上，閉上雙眼。

她低聲對我說：「兒子，現在不用怕了，別擔心，外公會來客運站接我們。」

「媽，妳是不是很痛？」

媽媽就像提起很重的行李似的抬起眼皮，「媽沒事。你也睡吧，到外公家這段路好好睡一覺。現在都沒事了，一切都會好起來的。」

「可是，外面的霧好大啊。」

「別擔心，天亮了就會散開的。」

我把臉靠在車窗上，車窗好似冰塊般冰涼。車窗外的汽車尾燈看起來就像淹沒在水中的火光。我很害怕此時此刻，也是一場夢。

「媽，我們現在不是在作夢吧？」

「不是，車要開兩個小時呢，你睡一覺吧。兒子，別擔心，我們絕對不會再回來了。」

媽媽閉著眼睛說道。

我再次望向窗外，車窗上映照出閉目養神的媽媽。我也學媽媽閉上了眼。很快，我看到了那間白鐵皮屋頂的房子，從雲朵般升起的山霧出現，依稀看到走出房子餵黑山羊和雞的外公，抱著大包稻草搖搖晃晃跟隨在外公身後的我，以及坐在灶口前生火的媽媽。想到外公家，我這顆變得硬邦邦、縐巴巴的心終於可以舒展開了。

我再次睜開眼睛，車窗外還是霧氣繚繞、一片昏暗。但我心中的霧氣已經散去，清晨的太陽正沿著山坡徐徐升起。我打算好好睡一覺，直到大霧散去，直到大巴抵達終點。

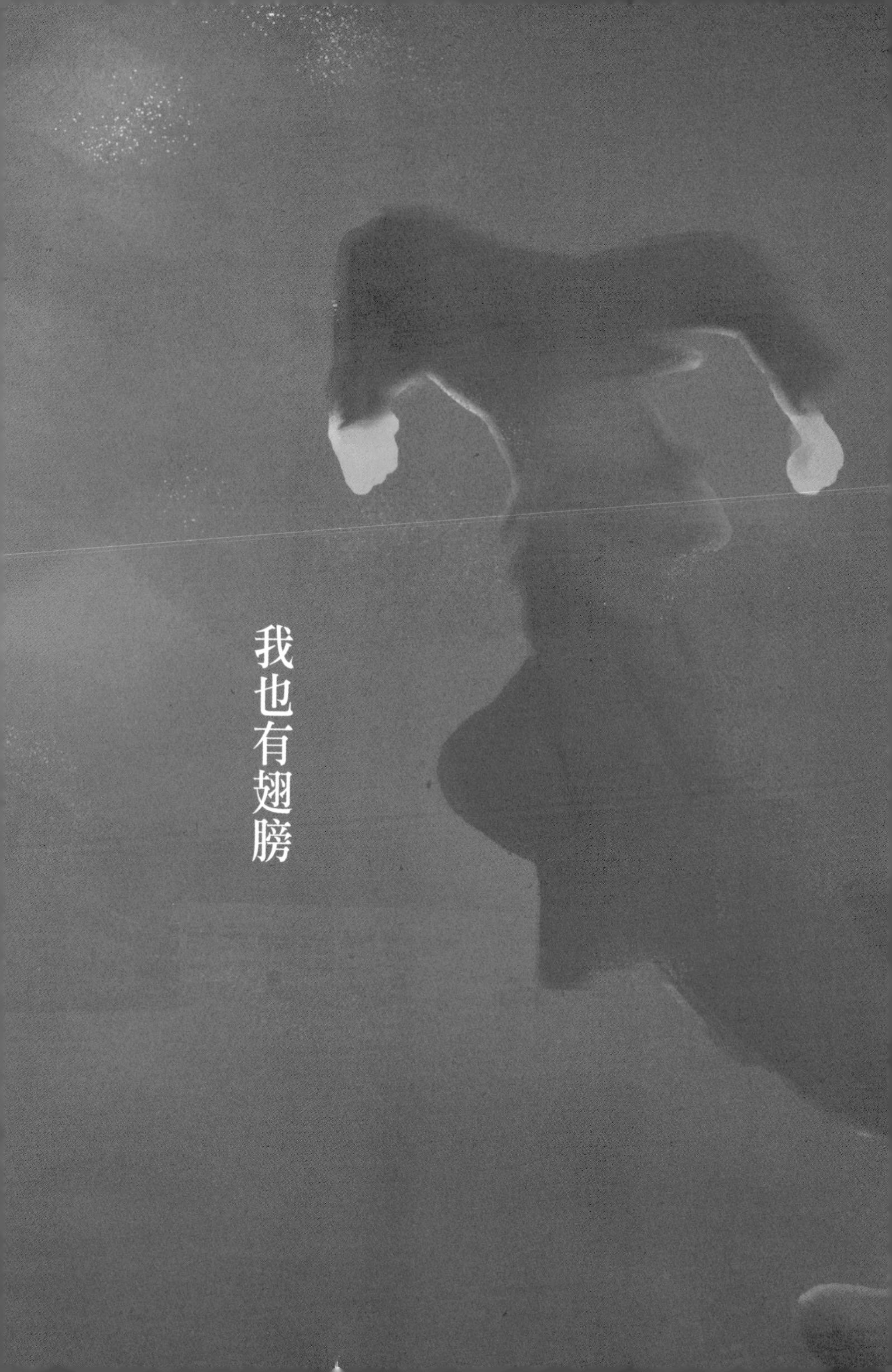
我也有翅膀

1

公寓入口的玻璃門一開，塵土就夾帶著黃色的銀杏葉迎面撲來。幾天前開始吹起涼颼颼的冷風，昨晚的新聞還說，京畿道北部地區已經下了雪。

十七歲的秋天就這樣過去了。我一邊環顧四周，一邊走到停在超市門口的救濟食品發放車前。這成了我每個星期到救濟食品發放車、領取冷凍和即時食品的一個習慣。今天領到的是冷凍水餃和煎肉餅。雖然發的都是保存期限僅剩半個月的食品，但沒關係，反正我們一週內就能吃光。領完東西剛轉身，竟然遇到了韓潔。這是我們畢業後第一次遇到，韓潔一頭酒紅色齊肩短髮，身穿寬鬆的格子襯衫和磨破的緊身牛仔褲。

「哇，韓潔，好久不見！」我高興地打了聲招呼，韓潔卻顯得有些不知所措。看她這樣，我覺得很難為情，但還是強顏歡笑地又開口說：「沒想到我們住在同個社區，畢業後還是第一次遇到呢，我以為妳出國留學了。」

韓潔沒說什麼，露出了拘謹的笑容。我也無話可說了。

「那我先走了。我還得給爺爺準備晚飯。」

「嗯，掰掰。」

我把米放進電鍋，然後把上週領的即食粥放進微波爐加熱後端給爺爺。距離英恩放學回家還有半個小時左右，我走到陽臺，望向公車站後面的商街，社區小巴車站前的秀貞理髮店的位置又換了新的店家。不久前還掛著「華泰理髮店」的招牌，現在卻換成「減肥瘦身館」的新招牌。秀貞理髮店關門一年後，已經換了兩家店。已經過去一年了，怎麼偏偏在秀貞忌日的前一天遇到韓潔呢？為什麼她現在遇到我，還是那麼冷漠呢？她還記得一年前的事嗎？各種想法如潮水般湧來，隨即又消失。

我拿出手機，點開相薄，在一個月前更換手機時儲存的照片中找出秀貞的照片，設定成Line的大頭貼，然後在狀態消息上寫道「已經一年了」。我希望如果有人偶然看到我的大頭貼，可以想起一年前的那件事。

2

那天早上，連續開走了三輛社區小巴，也沒見到秀貞。我覺得很奇怪，正想要打電話給她時，韓潔朝車站走了過來，她看到我，嚇了一跳。

「佳恩，妳怎麼在這裡？秀貞說沒看到妳，去妳家找妳了。」

我的背脊瞬間發涼，立刻朝公寓方向跑去。

身後傳來韓潔的大喊：「李佳恩，妳今天要是也遲到，可是要買一箱巧克力派的。快跑！」

我穿過社區遊樂場時，聽到公寓方向傳來什麼重物掉下來的聲響。那既不是「砰」，也不是「噹」，而是非常陌生、令人恐懼的聲音。聽到那聲響的瞬間，我停下了腳步，緊接著傳來了警衛叔叔的叫喊：

「有人掉下來了！」

我整個身體僵住了。片刻過後，四周響起人們交頭接耳的聲音，從我身旁經過的人說道：「那孩子也是希望女中的吧。唉，一大早怎麼發生這麼慘不忍睹的事啊。」

眼前頓時一片漆黑。

等我醒來時，已經躺在商街二樓診所的病床上了。不知何時趕來的教務主任和老師正低頭看著我，雖然沒有人告訴我那陌生聲響的主角就是秀貞，但直覺告訴我秀貞死了。老師問了我幾個關於秀貞的問題，我如實作答，隨即又暈了過去。等我再次醒來時，護士告訴我，老師們都趕去保管秀貞遺體的醫院了。我吃力地走出醫院，在回家路上，我儘管不想去看秀貞墜落的花壇方向，視線還是不由自主地望了過去。不知是誰在開滿滿山紅的花壇旁放了一束白菊花。我回到家，鋪好床褥躺下。為了關閉電源，我打開舊式折疊手機，隨即看到一則簡訊。

佳恩，再見了。這段時間謝謝妳。

這是早上十點傳來的簡訊，是秀貞傳給我的預約簡訊。

我沒去參加葬禮，因為我連日高燒超過三十九度，一直噁心想吐。我整整病了三天，等我去上學時，同學們蜂擁而至，圍著我接連問道：

「妳看到秀貞跳下來了嗎？」

「親眼看到了？」

「流了很多血吧？」

「她為什麼自殺啊？」

我一句話也答不出來，渾身抖個不停，但同學們沒有就此打住。

這時，韓潔走過來大喊：「妳們怎麼這麼殘忍啊？到底想知道什麼！」

我無法坐在教室裡，於是揹上書包走出教室。回家路上，我想起爺爺的粥都喝光了，順路去了公寓商街的超市。超市老闆娘和住在公寓的阿姨們聚在一起聊著天，誰也沒有察覺有人走進來。

「那孩子怎麼放著自己家的公寓不跳，跑到那棟公寓尋死啊？」

「就是說啊，本來最近的房價就跌得很兇了……」

「幸虧是社會住宅那邊出的事。唉，要是我們這邊，那怎麼辦。」

「本來跟社會住宅靠得那麼近，就已經害我們這邊的房價一直漲不起來了……」

「話說回來，秀貞理髮店要關門了吧？」

「當然了。女兒都死了，生意還怎麼做下去啊。」

「有點可惜，其實秀貞理髮店手藝很不錯，看來我們又得再找別家了。」

我感到呼吸困難，雙手不停地抖，心臟就像要爆炸了似的。我恨不得把手中的即食粥丟到那些女人身上，但我還是強忍著怒火走出了超市。我的雙腿在顫抖。

「佳恩。」

是韓潔。

「妳的臉色怎麼這麼蒼白？」韓潔見我毫無反應，一臉擔憂地說：「加油喔！」

韓潔這句話也讓我感到煩躁。我很想反問她，我已經用盡全力在承受這一切了，還要怎麼加油呢？我突然想起秀貞死前常說的話，「我再也受不了了」、「我再也撐不下去了」。但我不想像秀貞那樣一躍而下。既然如此，那我就必須像韓潔說的那樣加油。

韓潔見我一語不發，又問：「佳恩，妳沒事吧？」

「嗯。」

「妳好像快暈倒了，趕快回家休息吧。」

「好，妳也回家吧。」

我和韓潔分手後，回到家連制服也沒脫就直接躺下，昏昏沉沉地睡著後，又在半夜被惡夢驚醒，整個制服都被冷汗浸濕了。我半睡半醒地到天亮，必須起床給妹妹和爺爺準備早餐，但我的身體一動也不能動。秀貞一躍而下的聲音一直在我耳邊迴盪，警衛叔叔大喊有人掉下來的聲音也從未消失。這樣的狀態不知持續了多久。有一天晚上，英恩托韓潔來找我。

「佳恩，我們去醫院吧。英恩很擔心妳，要我來看看妳。爺爺也非常擔心妳。」

「我沒事。」

聽到我冷冷的回答，韓潔眼淚汪汪地說：「這樣下去妳也會死掉的！」

「不，我絕對不會死。」

3

從五歲起，秀貞、我和韓潔便在同一間幼稚園。上幼稚園時，秀貞的綽號是胖胖公主。因為就算在寒冷的冬天，秀貞也始終穿著帶有蕾絲或荷葉邊的裙子，頭上也總是戴著華麗的蝴蝶結或髮帶，而且只穿粉紅色。身著公主服的秀貞臉蛋又白又圓，只要她瞇起半月般的眼睛一笑，六、七歲的男孩們也會跟著咧嘴大笑。雖說秀貞的公主病是開理髮店的父母寵出來的，但熱衷於粉紅色衣服、只穿裙子卻是秀貞特有的喜好。

秀貞的父母在公寓前的商街開了一間「秀貞理髮店」，店很寬敞，也有很多客人。秀貞的父母不僅手藝好，而且十分親切，就這樣口碑一傳十、十傳百，吸引來不少遠道而來的老顧客。我們唸國小時，秀貞的爸爸還在新市區開了一家分店。因為父母總是很忙，秀貞經常約我和韓潔到家裡玩。秀貞的房間堆滿我從未見過的各種玩具。最令人羨慕的是那張用粉紅色床幔裝飾的公主床，除了羨慕，我甚至產生了嫉妒之情。

但旁人羨慕不已的秀貞也有自己的煩惱——過敏性皮膚炎和肥胖症。秀貞白皙的臉蛋一到了換季，眼角和嘴角周圍就會起白色皮屑，還會出現紅斑疹，特別是脖子和手肘最嚴重。因為癢得難以忍受，脖子和手肘總是被她抓得血肉模糊。每逢理髮店休息時，阿姨都會帶她去泡對皮膚炎有幫助的溫泉，或去看中醫和皮膚科。

秀貞的皮膚炎很嚴重時，幼稚園的小朋友都會怕被傳染而不敢牽她的手，進入國小後，秀貞為了遮掩因皮膚炎落下的疤痕，總是穿著蓋到膝蓋的七分褲或長裙。幼稚園的時候，秀貞的肥胖症還不算嚴重，但讀國小以後，她只喜歡吃炸雞、披薩等速食，一下變得更胖了。看到這樣的秀貞，國小同學都叫她粉紅公主、小豬公主、胖胖公主、米其林公主。與矮小、肥胖的秀貞相比，我的身高則遠遠高出同齡的男孩子，同學都叫我大高個、電線桿、充氣娃娃、長條、長鬼。我的手臂和腿也很長，他們甚至會叫我蚱蜢或螳螂。從三年級開始，叫我佳恩的就只有秀貞和韓潔。幫我取綽號的同學看到我和秀貞走在一起，還會叫我們「高個和胖子」或「甲殼蟲和蚱蜢」。

秀貞的媽媽不喜歡我和秀貞做朋友，她覺得如果我是個功課好、有能力的孩子，秀貞就不會成為同學戲弄的對象了。雖然我有時心裡很不是滋味，但並沒有表露出來。五年級時，秀貞終於交到了新朋友，她為了減肥去學有氧健身操，認識了相美。相美是學生會副會長，不僅在同學間很受歡迎、有能力，人也長得很美，綽號是「小金泰熙」。秀貞的媽媽很開心女兒交到了一個聰明又漂亮的朋友。

秀貞和相美成為好朋友後，脫掉了公主服，穿起流行的品牌服裝。她的開銷變大了，去市區玩的日子也越來越多，不知從何時起，「胖子」的綽號也悄然消失。秀貞說，這多虧了在學校有影響力的相美。隨著秀貞和相美越走越近，我和秀貞間也產生了相應的距離。相美不喜歡我，我也不是很喜歡相美。但在某一天上學的路上，秀貞給了我一張生日派對的邀請函。

邀請您參加小可愛權相美的生日派對！

地點：希望公寓前的儂特利二樓。

時間：二〇〇九年五月十日下午五點

＊派對提供牛肉堡套餐，請準備五千元以上的生日禮物。

「為什麼給我這個？我跟權相美又不熟。」

「我的朋友不就是妳的朋友嗎？妳也跟權相美那樣受歡迎的人做朋友嘛，相美和很多國中學姐都是乾姐妹，等我們升上國中，跟相美做好朋友不是很好嗎？她說很快就會介紹我認識那些學姐，我會讓她介紹給妳認識的。相美要我多邀請一些朋友來參加生日派對。」

「韓潔也會去嗎？」

「不去，她說那天要去英語補習班。」

我搖搖頭。

「我沒錢，要怎麼買五千元以上的生日禮物？」

秀貞挽住我的手臂說：「沒關係。我會買一份貴的禮物，妳就隨便買吧。佳恩，要是跟權相美做朋友，同學就不敢隨便取笑我們了。最近，大家都不欺負我了。」
看得出秀貞很希望我能一起參加相美的生日派對，所以我心軟了。相美生日當天，我好不容易跟奶奶要了兩千元。來到公寓前的儂特利二樓時，看到了十幾個人，看到我來了，只有秀貞高興地揮了揮手，其他人都顯得很不高興。
就在我後悔不該來的時候，相美問我：「李佳恩，禮物呢？」
我不好意思地把一枝自動鉛筆遞給她，相美的表情僵住了。
「妳不是收到邀請函了，沒看到上面寫著要送五千元以上的生日禮物嗎？李佳恩，因為妳只買了兩千元的自動鉛筆，只能給妳可樂和薯條了。」
我懷疑自己是不是聽錯了。其他人哄堂大笑，只有秀貞的臉變得煞白，但她也一句話沒講。我只好默不作聲地走出了速食店，等我回家後才想起來應該要回那枝自動鉛筆。
雖然國小畢業了，但我與相美的孽緣並沒有就此結束。
我們升上的希望女中是間一個學年只有六個班的小學校，畢業於附近兩間國小的女生都被分配到了希望女中，所以一個班裡有一半以上的孩子畢業於同一間國小，因此在兩間國小的前後輩之間形成了人脈網和派系。功課好、長得漂亮又受歡迎的同學自然被歸為中心派，平凡的孩子成了中間派，像我這樣功課一般、家境清寒的孩子便淪落成蠢貨派。如果運氣好，蠢貨派的孩子會因朋友的關係變成中間派。當然也有中心派和中間派的孩子淪落到蠢貨派的情況。

上國中後，依舊功課好、長得美的相美自然歸為中心派，而且她在國小就和國中的學姐結拜成乾姐妹，所以更加無所畏懼了。秀貞很羨慕相美，也很想加入中心派。秀貞經常請那些受歡迎、有人脈的同學吃飯，還常常幫她們跑腿，大家都稱呼幫相美跑腿做事的秀貞為「下女」。看到秀貞扮演下女任勞任怨，卻一直被那些人無視、排擠，我又覺得氣憤又很可憐她。

秀貞反而對這樣的我很不滿，她覺得我很寒酸、很傻。仔細想想，我的確不配和秀貞做朋友。她從書包到鞋子都是價格昂貴的名牌，而我揹的書包和穿在腳上的鞋子都是在市場買的假貨。

我把這些煩惱講出來後，韓潔安慰我：「這有什麼好在意的。妳看我，我的書包也是假貨，這雙鞋也是在網路上買的假貨。只要妳自己抬頭挺胸，不在意就好啦，不然吃虧的只有妳自己。」

但我和韓潔不同，我的功課不如韓潔好，也沒有她漂亮。韓潔住在普通的公寓，而我住在社會住宅。雖然韓潔沒有把自己歸為哪一派，但她自然而然地成為了中心派的一員，我根本不能跟韓潔比。每次在學校，同學對我廉價的書包和鞋子指指點點，回家後我就會對奶奶發脾氣，大呼小叫地要買名牌外套和鞋子。即使我明知道這樣任性也無濟於事。

原本關係已經疏遠的秀貞和相美在秋季慶典後又走在一起了。相美在慶典上看到Cosplay社團的精采表演後，突然慫恿秀貞一起加入Cosplay社團。秀貞原本就對日本文化很感興趣，她沉迷於Vocaloid[4]，還加入粉絲後援會、自學日語。秀貞的筆記本上都是她喜歡的日本漫畫人物和Vocaloid的人物造型。相美就是知道這一點，才慫恿秀貞的。

我們學校有兩個Cosplay社團，一個是學校贊助的校內社團，另一個是學姐自創的社團。兩個社團都非常有名氣，都在Cosplay大賽上得過鼓勵獎。參加Cosplay社團需要很多錢，而且稍有不慎就會被排擠為「御宅族」，所以沒有人敢輕易加入。雖然秀貞從一年級開始就很憧憬Cosplay社團，但她也沒有勇氣加入。相美被Cosplay社團華麗的表演深深迷住，但她知道只在乎成績的媽媽不會同意她加入社團，所以才想到利用秀貞。

秀貞明知相美心裡在想什麼，還是接受了她的提議。我原以為秀貞撐不了多久，因為加入Cosplay社團的人都活在自己獨特的世界裡，像秀貞那樣性格軟弱的孩子很難撐下去。但與我預想的相反，秀貞的設計和手藝得到了大家的認同。沒有手藝的人會到Cosplay商店購買成衣，秀貞卻可以用布料和飾品自行設計和製作。

二年級慶典時，秀貞幫相美扮演Vocaloid中的初音未來。初音未來是秀貞從小就夢想的公主形象，有著飄柔的長髮、苗條的身材、大而清澈的眼睛、帥氣十足的舞技和甜美的歌聲。在秀貞幫助下，相美完美演繹了初音未來。那年寒假，在首爾和富川舉辦的Cosplay

4 以電子音樂製作語音的合成軟體，只要輸入音調和歌詞，就可以合成人類聲音的歌聲。

大賽中，相美以幾乎完美的演唱初音未來的〈世界屬於我〉而獲獎。能夠把只存在於電腦中的初音未來變成現實中的人物，這讓秀貞滿足又開心，參與社團活動的她，看起來比任何時候都要幸福。秀貞的媽媽也很認同她的才能，鼓勵她用功唸書，以後攻讀服裝設計系。

但二年級第二學期接近尾聲時，秀貞不得不退出了自己喜愛的Cosplay社團，因為在新市區開的分店生意不好，結束營業後欠下了很多債。雖然阿姨照常讓秀貞參加數學、英語和論述補習班，但要她放棄了Cosplay社團和健身操。秀貞退出社團後，相美也無法繼續參加社團活動了，因為她一直都是利用秀貞的錢在參加。結果相美開始鬧脾氣、欺負秀貞，不僅妨礙秀貞做任何事，還在背後講她的閒話，做出一些不正當的行為。相美的舉動非常過分，秀貞卻沒有反抗，而是一忍再忍。韓潔不理解忍氣吞聲的秀貞，最後乾脆不管她。我卻無法視而不見，所以自那之後，我又跟秀貞變親近了。沒想到，很快同學們又開始叫起我們的綽號——「甲殼蟲和蚱蜢」、「高個和胖子」。我明知道記得我們綽號還傳出去的人一定是相美，卻不敢找她對質，只能假裝沒聽見，裝作若無其事。但從放寒假的前幾天開始，無論是在教室還是走廊，嘲笑我們、對我們指指點點的同學越來越多。就在我擔心是不是又發生了什麼事時，韓潔突然跑來找我們。

「喂，妳們看到了嗎？有人在一三一八聊天看板上傳了妳們的照片。」

我在一三一八聊天看板上看到了我和秀貞的照片。秀貞國小時穿公主服拍的照片和春季慶典上扮演白雪公主的照片巧妙地合成在了一起，照片下寫著「天生的胖公主秀貞」、

「米其林公主」等綽號。以「苦命的蚱蜢佳恩」為標題的照片，則是我一年級在秋季運動會一百公尺賽跑終點衝刺時的照片，還有一張是我穿短袖短褲、露出細長手臂和大腿的照片。但問題不在這些照片，而是留言中提到的黑粉社群。我點開連結，看到了針對我和秀貞的黑粉社群。那是一個剛開設僅十天的社群。

社群裡還加設了我和秀貞的照片庫、小說房和聊天室。小說房已經連載了三篇標題為「天生胖公主秀貞與苦命蚱蜢佳恩的愛情故事」的小說。相美在國小六年級時，曾在自己的臉書上連載過關於某偶像女團的粉絲小說。我握著滑鼠的手不停地抖著，強忍著看完了那些小說。小說中的我和秀貞是同性戀，內容都是跟電視劇和漫畫一樣荒誕無稽的故事。我覺得十分可笑，但整個人突然感到很不舒服。更令我震驚的是，已經有五十多人加入了社群。我再也忍無可忍，決定把這件事告訴學校，但秀貞強烈阻止了我。

「如果妳告訴學校，就只會讓更多人知道，我爸媽也會知道的。不行，李佳恩，妳要是告訴學校，我就去死。」

韓潔得知黑粉社群的事後也很氣憤，她也建議應該告訴學校：「開設黑粉社群的權相美和那些加入的臭女人都不是什麼好東西，不能就這麼放過她們！」

但秀貞執意反對，堅稱如果我告訴學校，她就去死。整個寒假，我都沒有開過電腦，因為我知道如果開電腦就會登入聊天室，還會不由自主地去看一三一八看板和黑粉社群。但秀貞每天都會去看那些人的留言，然後哭哭啼啼地跟我們訴苦。開學後，我不顧秀貞反對，把這件事告訴了教務主任，教務主任找來開設社群的相美進行調查。相美辯解說，自己不過是開了個玩笑，在社群留言和把照片外傳的那些人也說只是覺得好玩。也許她們說得沒錯，做這種事不過是為了好玩、開玩笑。就連教務主任也說這種玩笑開得很過分，而且這件事不光牽扯我們學校，也涉及了其他學校，所以沒辦法一一處罰。

相美在教務主任面前向我們道了歉，還含淚說沒想到開這種玩笑會給我們造成這麼大的傷害，然後當著教務主任的面退出了社群，刪掉一三一八看板上的那些照片。教務主任要我們和相美握手言和，我猶豫了半天，始終伸不出手。但秀貞很爽快地握住了相美的手，我心裡一股怒火油然而生，最後還是抑制著情緒伸出了手。那天晚上，相美把我和秀貞叫到體育公園。

「我不過是為了好玩開了個社群，妳們竟然敢去告狀？妳們玷汙了我的名譽，我可一次都沒被老師記過名。妳們這麼膽大妄為，我會讓妳們後悔的，等著瞧吧。特別是李佳恩，我絕對不會放過妳。」

相美的威脅並非空穴來風。有一天我在打掃教室時，英恩哭著打來電話。我趕快打掃完教室跑到英恩的學校，只見英恩魂飛魄散地站在校門口，淚流滿面，臉和手臂上沾滿了沙子。英恩面無表情的看著我，我問她出了什麼事，她才哽咽地說：

「我正在打掃摔角場，突然幾個人跑來往我身上噴葡萄汁，還把我推進摔角場滾沙子。」

「為什麼？」

「我也不知道。但我清楚聽到她們提到權相美的名字。」

「都是些什麼人？」

「我們學校的壞學生、學生會會長和我們班的副班長。」

無須多問，這些人都是相美的乾姐妹。

「妳沒有自尊心嗎？妳個頭比她們高，塊頭也比她們大，就這麼任由她們欺負妳？」

「妳不是不准我打架嗎？我也很傷自尊、很生氣，那我也去跟他們打架？」

「算了。」

我平白無故地跟妹妹發起脾氣，心裡也很害怕。黑粉社群事件後，同學們還是疏遠我和秀貞，相美一夥人也跟從前一樣排擠我們。對我而言，那些人因為有趣而不假思索脫口而出的話，成了比刀子更鋒利的武器。同學們無緣無故地討厭我和秀貞，上課不想跟我們同組，每次要分組完成課題作業時，我們就成了她們互相踢來踢去的皮球。因為相美的小說，我還被人指指點點說是女同性戀，我去上廁所時還有人故意避開我，真搞不懂那些人為什麼會相信那些無稽之談。她們似乎是在測試我的忍耐程度。

我不懂大家為什麼討厭我。雖然我很高，四肢瘦長，但無論照鏡子怎麼看也不覺得惹人討厭。雖然我成績不好，但也不是吊車尾。因為從小在爺爺奶奶膝下長大，所以沒去過幾次電影院，只陪奶奶在家看電視劇，自然不認識人氣偶像團體，但我覺得這並不是什麼致命的缺點。起初我覺得不管別人說什麼，只要我自己不在意就可以了，但不知不覺間，我也變得畏畏縮縮。

我的月經已經開始三年了，成長卻沒有停止。不停長高讓我覺得很丟臉，沒有錢買適合身高的衣服的貧窮也教人生厭。不是被爸媽，而是被爺爺奶奶帶大，所以連一次家庭旅行也沒去過的處境也讓我抬不起頭來。我在學校忍氣吞聲，然後回家拿奶奶出氣。因罹患糖尿病而雙目失明的奶奶每當這時，就只是默默地流淚。

奶奶因糖尿病併發症導致腎功能衰竭住進醫院的當天，從褲子口袋掏出一張摺得縐巴巴的五萬元，塞給我說：「佳恩啊，拿去買一件妳喜歡的外套穿。奶奶對不起妳。」但奶奶給的錢根本買不起秀貞身上那件擋風外套。我把錢塞進口袋，最後用在了奶奶的葬禮上。

既敏感又脆弱的秀貞比我更快失去自信。

秀貞從上國中開始，一天到晚抱怨：「我怎麼偏偏繼承了我爸媽不好的地方呢？不對稱的雙眼皮像我媽，還有跟病人一樣蒼白的皮膚，又細又黃的頭髮。長不高像我爸，還有薄嘴唇、鷹鉤鼻、內八腳、蘿蔔腿、小指甲和大鼻孔，再加上肥胖症和過敏性皮膚炎，而且我頭腦不好又沒有才能，連我自己看，都沒有什麼值得炫耀的。」

每當秀貞這樣講，我既惋惜也很反感。但不知不覺間，我也越來越像消極的秀貞了。

到了三年級，我們學校成了教科教室制示範學校。寒假期間，每層樓的活動室和走廊出現了學生個人置物櫃。教科教室制授課方式與一、二年級時按照等級分班上課不同，各學年、各班級的教室不見了，取而代之的是科目教室。我們只能把書包、教科書和個人用品放在置物櫃保管，在晨會和課後會時回到所屬教室。沒有了教室和自己的座位，課間就只能去活動室，但活動室很小，根本沒有像我這種人的容身之地。無論是活動室、餐廳還是圖書館，都可以看到強者和弱者、成績好和成績差的、受歡迎和被排擠的、很顯眼和沒有存在感的同學。像我和秀貞一樣被同學排擠的人一到午餐時間，就只能在操場上徘徊。一、二年級時，即使被排擠也還能待在教室，只要不去理睬其他人的視線和流言蜚語就可以了。但從三年級開始，連那把保護傘也消失了。挑釁或明目張膽欺負我們的人比一、二年級時少了，大家直接把我們當成了隱形人。有時，我真懷疑自己是不是幽靈。就連教師節時，班長跟同學收錢買禮物給老師也會忽略我們。

因為無法忍受大家的冷漠和冰冷的視線，秀貞連午餐時間也不願意去餐廳，很多時候連午餐也不吃，餓著肚子去補習班，等晚上回家跟爸媽一起吃宵夜。結果她的過敏性皮膚炎越來越嚴重，也越來越胖。秀貞的成績一落千丈，阿姨看到成績單後，不再送她去補習班，而是請了家教。因為阿姨察覺，秀貞連補習班也不去了。

三年級第二學期剛開學，秀貞缺席的次數越來越多，還好幾次在上學路上突然胃痙攣，直接被送到醫院。被送了幾次急診室後，有一天，秀貞眼淚汪汪地說：

「醫生建議我去看心理諮商。我爸媽大吃一驚，非要到學校來問個清楚，到底是什麼事讓我胃痙攣。我說沒事，好不容易才勸阻了他們。我真的太糟糕了。他們那麼疼我，我卻做不到他們期待的樣子。」

秀貞沒有怪別人，而是埋怨、折磨起自己。與此同時，我們也到了要填高中志願的時刻，韓潔已經填了外國語高中，其他同學也在考慮是填一般高中還是職業高中。我從未考慮過自己的未來，就在我徬徨時，韓潔給了我一張設有烹飪和烘培系的職業高中宣傳單。

「佳恩，我媽說這間學校很不錯。雖然分數線有點高，但只要考好期末考還是有希望的。秀貞一定會填一般高中，妳考慮一下這間學校吧。」

我很感謝韓潔，但無論是一般高中或職業高中，對我來說都像是很遙遠的事。

有一天，秀貞興高采烈地告訴我，全家人要移民去加拿大。

「我說太討厭韓國了，結果媽媽說：『那我們移民去加拿大吧？』只要有一技之長，移民加拿大就很容易。特別是理髮師，待遇也很好。我舅舅住在加拿大，他說那裡根本沒有霸凌這種事。我舅舅在加拿大某個島上開釣魚店，他說那個島美極了。據說學校也不會只讓學生唸書，還會有很多俱樂部活動讓大家參與，也不會因為成績和外貌受到歧視。等我賺了錢，就邀請妳來加拿大。等我從加拿大的高中畢業後，就和媽媽一起經營理髮店。」

好久沒有看到這麼開朗的秀貞了，我真心希望她能如願以償。比起羨慕、嫉妒和擔心與秀貞分開，我更希望她能早點離開這間令人窒息的學校。看到秀貞變得開朗，我也覺得稍稍輕鬆了，並且接受了韓潔輔導我功課的提議。秀貞和我第一次接近了那陌生的「希望」。

至少在那件事發生之前是這樣的。

4

晚上洗完碗，我正在看英恩寫作業，韓潔打電話來。聽到我冷漠地接起電話，韓潔為下午的事先道了歉。

「剛才對不起，我還沒做好見妳的準備，所以嚇了一跳。」

「見我還需要做什麼準備嗎？」我沒好氣地說。

韓潔苦笑了一聲。「說得也是。總之，我就是沒做好準備。佳恩，我們見一面吧。」

「為什麼？」

「我有話跟妳說。」

韓潔說要來我們學校找我。聽到她這樣講，我莫名有些激動。秀貞出事後，我能依靠的就只有韓潔，她卻躲著我。午餐時間，我在操場徘徊時，她總是在我附近走來走去，但當我與她四目相對，她又立刻轉移視線。她的一舉一動都很古怪，但我走過去問她，她又冷漠地說沒事。我很不高興，覺得韓潔也和其他人一樣開始疏遠我，所以我也與她保持了距離。

十二月公布職業高中合格名單時，我才知道韓潔放棄了唸高中。秀貞出事前，韓潔就已經被外國語高中錄取了，我作夢也沒有想到她會放棄。後來得知學校因為她經常曠課，也很傷腦筋。

我問韓潔為什麼放棄唸高中，她平靜地說：「這件事我苦惱了很久。國三一整年的教科教室制讓我受夠了以成績評價人的學校，我是喜歡唸書，但我不喜歡只為考試成績而唸書。」

韓潔比我們聰明而且思想成熟，所以她說什麼都讓人覺得自有她的道理。但我還是覺得她沒有講實話。

我反問：「妳這樣不是因為秀貞嗎？」

韓潔沒有否認，她艱難地說出了真心話：「沒錯，我因為秀貞很痛苦。說實話，我很生氣，也受夠了她整天嘮嘮叨叨，哭喪著臉。妳也知道，我勸她不要跟相美走太近，但她不聽。我告訴自己，她被那些人排擠都是她自找的。只有這麼想，我心裡才能好受一些。只有這麼想，我才能對發生在她身上的事視而不見。秀貞出事後，我恨透了自己，痛苦極了。我覺得就算進了高中，還是會遇到相同的問題，到時候我還是會這麼痛苦。是應該幫助那些被排擠的同學，還是視而不見呢？我對自己沒有信心。為什麼上學還要苦惱這種問題呢？我只想唸書，唸自己喜歡的科目而已。所以，我放棄了。」

韓潔不顧老師們的反對和說服，最終放棄了升學。同學們都覺得韓潔做出這種選擇是為了與眾不同，還有人在背後嘀嘀咕咕說她假裝了不起，假裝自己有所領悟。特別是跟韓潔一樣填了外國語高中但沒有被錄取的相美，更是公然嘲笑起韓潔。但韓潔沒有意志消沉和動搖，她變得越來越寡言，並且跟大家保持距離。

寒假結束後，在畢業典禮彩排上遇到的韓潔徹底變成了另一個人，她剪了短髮，還把頭髮漂成金黃色。老師大吃一驚，原本安排韓潔作為學生代表上臺領獎，最後換成了別人。畢業典禮當天，韓潔沒和任何人合照。國中那些中心派同學也說，韓潔與她們失聯了好一陣子，她們甚至來問我韓潔的近況。這樣的韓潔突然說要見我，我既激動也很緊張。

想到要跟韓潔見面，我一整天都無心聽課。下課後去置物櫃放書時，看到相美在整理她的置物櫃。平常相美都會上晚自習到十點鐘，但今天她打扮得漂漂亮亮，還化了妝，看來是要去跟男朋友約會。相美看也不看我一眼，所以我也假裝沒看到她。

沒考上職業高中後，我只能勉為其難進了一般高中。入學第一天分班後，我走進教室看到相美的瞬間，恨不得調頭跑出教室。雖然我沒有做錯任何事，卻感到心跳加速，呼吸困難。開學那幾天我徹夜難眠，苦惱著要不要退學。這樣的日子不知過了多久。我坐在教室的最後一排，想像著用木棍或羽球拍襲擊相美的後腦勺。萌生出這種可怕的想法，連我自己也嚇了一跳。幸好相美一直假裝不認識我，起初我還懷疑她暗藏心機，但觀察了一段時間後發現，她是不想記起國中的事情。於是我也假裝不認識她。但如果韓潔看到她，一定會大吃一驚。

不久前下的一場雨把枝頭上所剩無幾的銀杏葉都打落了，校園變得更加冷清。雖然我們的學校歷史悠久，過去全市的高材生都聚集於此，但從十年前開始學校便淪落成落後的學校。早前畢業的校友紛紛嚷著應該把學校遷到新市區，延續名牌學校的傳統，但由於遭到地區居民反對，最後只能作罷。就這樣，這間高中成了像希望女中等落後的國中畢業生升學的地方。雖然校友和老師對這樣的學校很不滿意，我卻覺得讀這樣的高中很踏實。

「佳恩！」從坡路下來，剛走出校門，只見韓潔揮手喊著我的名字。

我擔心韓潔看到走在我身後的相美，趕快拉著她的手朝市區走去。學校附近都是密密麻麻的住宅區，從學校到公車站必須經過一條只能行駛一輛車的車道，所以無論是汽車、機車還是過往的行人都爭先恐後的按著喇叭和高聲嘶喊。我拉著一頭霧水的韓潔躲閃著周圍的車輛和行人，直到走到大街上，韓潔甩開我的手

「幹麼走得這麼急？」

「我們學校附近太亂了，上次一個二年級的學姐在校門口還被送披薩的機車撞到了呢。」

「哪有學校附近不亂的。話說回來，相美也在妳們學校？」

我瞬間愣住。「妳看到她了？」

「當然，她就走在妳後面啊！她看到我，眼睛瞪得好大。」

「是喔？我不希望權相美認出妳，過來跟妳講話，所以才……」

「真是的，我也不想跟她講話。但妳怎麼沒說妳們唸同一間高中呢？」

「我哪有機會說？畢業之後，昨天才遇到妳。」

「也是啦。」韓潔點了點頭，悄悄問道：「權相美最近沒欺負妳吧？」

「嗯，我們形同陌路，都把對方當幽靈。上高中後，權相美也沒國中時那麼厲害了，雖然還是很漂亮，但比她漂亮、功課好的人多不勝數。她成績也沒國中時優秀了，但在班上還是有第五、六名，而且男朋友從來沒斷過。」

我話音剛落，韓潔便一臉嚴肅地問：「妳們該不會同班吧？」

「嗯。」

韓潔打了個冷顫。「真是不寒而慄，看來妳們是命中注定啊。」

韓潔把我帶到賣麵包的咖啡廳，說有話要問我，卻一直支支吾吾地繞著圈子。

我看了一下時間，終於說：「韓潔，我還得回家煮晚飯。」

「啊，是啊。」韓潔點了點頭，但還是猶豫了半天才開口：「佳恩，秀貞出事前是不是和權相美發生了什麼事？」

我愣了一下，反問：「什麼事？為什麼突然這麼問？」

「這段時間我一直很好奇。在妳置物櫃裡找出秀貞運動鞋的那天，就是權相美誣陷妳偷走秀貞運動鞋的那天，那天是秀貞第一次頂撞權相美。我記得那天之後，秀貞變得更加不安，整個人都變了。」

我的心臟漏跳了一拍，但還是裝作若無其事地說：「妳想那時候的事做什麼？我不想再回想了。」

韓潔猶豫了一下，從書包裡拿出一個信封：「是啊，我也不再回想，才會一直逃避，但我始終忘不掉。我以為只有我一個人走不出來，但昨天看到妳LINE的大頭貼，我覺得妳也沒有忘記秀貞。這段時間，我們都沉浸在各自的痛苦之中……」

韓潔哽咽了，連話也沒有說完。她把信封遞給我。

「妳看看吧。」

「這是什麼？」

「秀貞寫給我的信。」

韓潔見不知所措的我沒有接過信封，於是從信封裡取出信紙交給我。

「這是什麼信？」

「妳看了就知道。秀貞葬禮那天，我在公寓信箱裡發現的。秀貞出事後，我和我媽趕去幫忙，三天都沒看信箱。起初我還以為有人故意把這封信放在我家的信箱裡，但後來想起來秀貞出事那天早上的事。那天早上，我在公寓門口碰見秀貞。我問她怎麼在這裡，她說等了妳半天，但沒看到人，所以要去妳家找妳。她說搞錯了公寓，走到了我家樓下。她慌慌張張的樣子就像是在隱瞞什麼事似的，但我看到她匆匆忙忙地去找妳，就沒有再追問了。後來我覺得，她應該是在遇到我之前就已經把信放進信箱了。」

韓潔，

已經早上六點多了，窗外還是黑漆一片。

我從未想過黑夜會如此漫長，但黑夜再漆黑，也沒有我過去十六年的人生漆黑。至少上幼稚園時，我的眼前還沒有這麼漆黑……那時候，我以為我是這世上最漂亮、最幸福的小孩……那時候的我去哪裡了呢？

我苦惱了很久，這最後一封信應該寫給誰。寫給我爸媽的話，一定會很難過，整理不好思緒，可能連一個字也寫不出來。至於佳恩，我不想再傷害她了。但我還有妳這個朋友。

妳對於我就像姐姐一樣，連我媽都說，我和妳在一起的時候，她才最安心。可能我也是吧。所以現在，在最後這一刻能吐露心聲的人也只有妳……

韓潔，我太累了，太脆弱了。妳總是教我堅強一些，但我天生就這麼脆弱。有時候，我會埋怨爸媽為什麼沒有把我培養成一個堅強的小孩，但仔細想想，其實是我自己不爭氣，他們已經把最好的一切給了我，是我不爭氣。我媽總說，希望我能像妳一樣功課好，做什麼事都有自信。就因為她天天嘮叨，我才不想跟妳一起玩。現在想想，我媽希望的事我一件也沒做到。我是令父母失望的小孩，我覺得很對不起他們。

我想像相美一樣受歡迎。妳不是問過我，為什麼被相美欺負還要跟她做朋友？因為我很羨慕她身材苗條、長得漂亮，又那麼受歡迎。跟相美玩在一起，感覺我也成了一個受歡迎的人。但不知從何時開始，我察覺到相美只是在利用我。六年級她主動接近我，先提出要跟我做朋友時，還有後來提議一起加入Cosplay社團時，都是在利用我。那時妳和佳恩勸我離她遠一點，我反倒很不以為然，討厭妳們這樣說。我明知道妳們說得對，但就是無法擺脫相美。因為她知道我的弱點，也知道如何操縱我。

韓潔啊，在我十六年的人生中，幸福的時光太短暫了。我上次在網路上看到，死後到了另一個世界，就可以忘掉此生所有的記憶。我希望到另一個世界，忘掉這裡的一切，變成一個全新的人。

韓潔，妳功課好，聰明又善良，所以我想拜託妳，一定要幫助像我和佳恩這樣被排擠、受委屈的孩子。老實講，我很恨權相美，瞧不起她，甚至連她的名字也不想寫出來。我同時也很怕她，但比起她，我更怕那些無動於衷的同學，還有對我這種人視而不見的老師。雖然這樣講很不知羞恥，但我總是希望至少妳能站出來幫助我和佳恩。這樣想是不是很可笑？

就算我死了，權相美也不會有任何改變，這個世界也不會改變。我自己也知道，但我已經撐不下去了。可能未來，相美還是會為了爭第一名不擇手段的踐踏其他人的自尊。我覺得自己沒辦法活著看她成功，那太恐怖了。妳替我好好盯著她，看看她是如何剝削、利用別人，把別人的心踐踏得粉碎。等她有一天真的成功了，在她得意洋洋的時候，妳一定要站出來告訴大家，她是怎麼不擇手段才成功的。

韓潔啊，佳恩就拜託妳了。

還有，這封信一定要對我可憐的爸媽保密喔。

我現在才懂得能交到妳這樣的朋友有多幸運……在人生的最後能有一個吐露心聲的朋友是何其幸運。在離開這個世界前，能想到感謝和牢記的人是多麼幸運啊。我很感激我的爸媽，還有妳和佳恩。

韓潔啊，這封信妳一定要自己看。還有，我真心拜託妳，一定要幫助佳恩。不要覺得我很可憐。過去的日子我是很悲慘，但離開這個世界後，我就自由了。相信這對我來說是一件好事。為我祈禱吧，讓我能夠展開翅膀飛向另一個和平的世界。

韓潔，妳會成為一個很優秀的人，到時候替我改變這個骯髒可怕的世界吧。

把我的委屈、悲傷和羞恥都還給這個世界。

二〇一一年十一月七日

像傻瓜一樣的胖胖公主秀貞

秀貞去世當天，我只收到了一則預約簡訊，而且還是在秀貞墜樓身亡後。秀貞的父母也只收到了一則預約簡訊。阿姨很想知道女兒為什麼尋死，雖然她對學校說，秀貞是因為減肥失敗和功課壓力導致罹患了憂鬱症，但她似乎認為這不是女兒真正自殺的原因。令我意外的是，韓潔收到這麼長的一封信，竟然一聲不吭，我甚至產生了背叛感。

「妳一直留著這封信，為什麼連一句話也不說？」

韓潔用聽不清的聲音嘟囔：「因為秀貞教我不要告訴任何人。」

「什麼？秀貞不讓妳告訴任何人，妳就什麼也不說？」

「嗯。」

「太過分了，妳怎麼可以這樣？」一股怨憤湧上心頭。「那現在為什麼給我看這封信？要幫我和秀貞？」

「我剛才不是說了嗎？看到妳大頭貼換成了秀貞的照片，所以覺得妳也沒忘記秀貞，想找妳聊聊秀貞的事。妳是不是知道秀貞為什麼會做出那種傻事……她那麼高興嚷著要移民去加拿大，怎麼還不到十天就決心尋死了呢？」

我回想起了那天的事，那件我以為早已從記憶裡徹底抹去了的事。

*

臨近國三畢業考試的那段時間，學校發生了多起偷竊事件。隨著買智慧型手機和品牌潮鞋的同學越來越多，幾乎每天都會發生一兩起偷竊事件。雖然老師警告大家不要把手機、新買的運動鞋和外套等個人物品帶到學校來，但根本沒人聽老師的。如果不在學校使用手機，穿新運動鞋和外套，那些東西就等於是無用之物。秀貞新買的運動鞋也是在那段時間被偷的。

有一天，我和韓潔吃完午飯來到休息室，只見我的置物櫃鎖是開著的。休息室新設的置物櫃雖然外觀優美，櫃鎖品質卻很差，很容易就能打開。就連老師也抱怨因為預算問題，休息室的施工有太多漏洞。在此之前，我已經丟過兩次課本了，就在我擔心又有東西被偷而打開櫃門時，卻看到了秀貞不見的那雙運動鞋。我下意識地趕快關上櫃門，我明明沒偷秀貞的鞋，雙頰卻莫名發燙。

身旁的韓潔也看到了那雙鞋，她大吃一驚地問：「喂，那雙鞋怎麼在妳櫃子裡？」

「是、是啊，我也不知道。」

「看來是有人故意把鞋放進去的。」

就在這時，相美的聲音傳了過來，很難教人相信她是偶然出現的。

「是我見過的那雙鞋，朴秀貞的運動鞋，沒錯吧？」

偏偏秀貞目瞪口呆地站在相美身邊。真不知道相美是什麼時候站在我身後，秀貞又是什麼時候出現的。我到現在也搞不清楚。

相美就像等待已久似的大喊道：「哇，這也太巧了吧。我只是經過而已，竟然目睹到這麼震驚的場面。偷朴秀貞運動鞋的人竟然是李佳恩！」

見我極力否認，相美更大聲的說：「俗話說得好，燈下黑。哇，朴秀貞這下肯定覺得被背叛了。朴秀貞，妳瞧瞧，就算妳有錢買這麼貴的潮鞋，但米其林公主怎麼可能搖身一變成白雪公主呢。所以說人要有自知之明，穿那麼貴的鞋沒用啦，還平白無故地激起朋友的嫉妒心，這可怎麼辦？連唯一的朋友也偷妳的東西，背叛妳……」

面對相美的冷嘲熱諷，我沒能做出任何辯解，腦子一片空白，喉嚨像被堵住似的一個字也講不出來。不知何時，周圍聚集了一群同學，大家竊竊私語地看熱鬧。雖然我很討厭有口難辯的自己，但當下我真的慌了。我希望韓潔能挺身而出幫我說句話，但她看起來驚慌程度不亞於我。

相美見我們一聲不吭，笑著對其他同學說：「喂，我們走吧，把事情鬧大就不好了。偷東西的和丟東西的人都在場，就讓她們自己解決吧。」

就在這時，秀貞突然用顫抖的聲音對相美說：「權相美，妳少在那小題大作了。那雙運動鞋，其實是我想送給佳恩，才偷偷放在她置物櫃裡的。」

一開始，我以為自己聽錯了，相美似乎也嚇了一跳，她那雙大眼睛微微晃動了一下。

相美一臉錯愕，對秀貞說：「喂，朴秀貞，妳胡說八道什麼？連我們班都知道妳丟鞋的事了。」

秀貞依舊一臉緊張，但她斬釘截鐵地說：「我鞋子不見的事為什麼會傳到妳們班？這怎麼可能。像我這種人，丟雙鞋也不是什麼大事。鞋是我送給佳恩的。權相美，妳也知道，我很愛送人東西，妳不是也收到很多嗎？」

「喂，朴秀貞，妳少在這裡騙人！」

「妳怎麼知道我騙人？鞋就在這裡，而且佳恩根本不知道自己的置物櫃裡有這雙鞋。我說是我放進去的，妳憑什麼說不是？聽這口氣，好像鞋子其實是妳放進去的一樣。」

最後一句話，秀貞講得格外用力，我第一次看到秀貞這麼堅決果斷。相美一時驚慌，顯得有些手足無措，她沒有立刻反駁秀貞。這時剛好第五堂課的鐘聲響起，聽到鐘聲，相美一邊慌慌張張地離開，一邊嘟囔著說：

「真是的，真不理解妳們這種人的精神狀態。朴秀貞，我只是想幫妳。既然是妳們這種蠢貨之間發生的事，那就妳們自己解決吧。」

同學們散開後，只剩下了秀貞和韓潔。

韓潔看了一眼我和秀貞說：「秀貞，鞋真的不是佳恩拿走的，佳恩也不知道置物櫃裡有鞋。」

秀貞點了點頭，然後沒好氣地問韓潔：「嗯，我知道。但妳為什麼連一句話也不幫佳恩說呢？」

韓潔的臉紅了，啞口無言。

但這件事並沒有就此結束。當天晚上，相美把我和秀貞叫到公寓後的體育公園，相美的男朋友和以她為首的一夥人也等在那裡。相美像瘋子似的一直吼秀貞，說她侮辱了自己。相美的男朋友壓住我和秀貞的肩膀，硬是讓我們跪在相美面前，要我們跟相美道歉。我堅決不肯道歉，那天的秀貞也沒有動搖。相美的男朋友看我們不肯道歉，於是舉起羽球拍打向我和秀貞的背部。

我和秀貞挨打時，相美一夥人咯咯笑著，喝著可樂聊起了天。起初我嚇得渾身發抖，但比起疼痛，切實感受到的是恐懼和羞恥。球拍持續打在身上，最後由於過於疼痛而失去了知覺。不知被打了多久，秀貞往前倒在了地上。

相美走到秀貞面前，威脅她說：「朴秀貞，妳要是覺得挨打很委屈，就去學校告狀啊。但妳記住，從妳告狀那天起，妳家的理髮店就沒客人了。我們會散布謠言，說妳家用的燙髮劑和染髮劑都是廉價貨。客人要是知道妳媽用的都是廉價貨，還比別的理髮店更貴，她們會怎麼想？還有李佳恩，妳不是已經領教過了嗎？妳要是招惹我，妳妹妹也不會好過的。」

那天秀貞沒有直接回家，而是先跟我回我家。我和秀貞幫彼此塗了藥膏，然後哭了好一陣子。看到我們背部受傷的英恩也嚇哭了。我覺得我們就像電視裡看到、落入圈套的鹿。

那天我送秀貞回家時，秀貞對我說：「佳恩，我們真沒出息，不如一起死掉算了。」見我沒有反應，秀貞哭著說：「佳恩，今天的事，我們到死也不要對任何人講。」

我點了點頭。

那天凌晨三點，我收到了秀貞傳來的訊息：

佳恩，我睡不著。感覺枕頭就像刺蝟的刺，床就像是冰面。

沒想到一年前的事情仍舊歷歷在目。我紅著眼眶把這件事講給韓潔聽時，哽咽了好幾次，當時的恥辱直到現在仍教人咬牙切齒。正如韓潔推測的，那天發生的事把站在懸崖邊的秀貞一把推了下去，徹底奪走秀貞所剩無幾的自尊。

「妳們挨打為什麼都不講呢？哪怕告訴我……」韓潔氣憤地說。

我憤憤不平地問：「告訴妳又能怎樣？妳能做什麼？妳之前不也都無動於衷嗎？」

韓潔垂下了頭，她的肩膀在抖，似乎哭了。我等她平靜下來。過了很久，韓潔抬起頭，用沙啞低沉的聲音說：

「妳說得沒錯，就算告訴我，我也做不了任何事。我不是怪妳，我只是很後悔。那天秀貞問我：『妳為什麼連一句話也不幫佳恩說呢？』，妳不知道我有多羞愧和內疚。但直到秀貞出事，我還是什麼也沒做。所以這一年來，我一直捫心自問：『妳為什麼無動於衷？』答案很簡單，我太懦弱了。但我下定決心，今後絕對不再卑鄙地視若無睹了。但我什麼也做不了，我是不是很沒用？」

我不知道該對韓潔說什麼才好，是應該教她放下心裡的包袱呢，還是責怪她，要她繼續深刻地反省呢？韓潔說出這些話時，兩種念頭不斷在我腦中衝撞。

韓潔看了我一眼，嘆了口氣，「我沒有把這封信給妳和叔叔阿姨看，真的只是因為秀貞的請求。因為我理解秀貞為你們擔心的心情，我希望尊重她的請求。」

5

走出公寓大門，花壇裡的樹和枯草上結了一層霜。冬天快到了。

一起出門的英恩憂心忡忡地說：「姐，昨天看新聞說今年冬天會很冷，比去年更冷。」

天氣一冷，最擔心的便是爺爺。雖說天氣冷，基礎生活保障津貼不會提高，卻不得不提高暖氣的溫度。

我不想讓英恩也為這種事擔心，於是對她說：「英恩，別擔心。我用打工賺的錢幫妳買一件羽絨衣。我查了一下，有的地方去年的羽絨衣打三折呢，妳和我各買一件，然後用爺爺的老人年金付瓦斯費就可以了。天冷的時候，我們就開暖氣。」

英恩聽了，咧嘴笑了起來。

走進校門時，我便做好了十足的心理準備。因為今天是秀貞的忌日，所以看到相美心情一定會更糟。偏偏走進教室時，看到她正站在教室後面跟幾個同學聊天。我垂著頭走到最後一排自己的座位，但我看到鄰桌的敏知一邊在筆記本上寫著什麼，一邊抽泣著。我嚇了一跳，就在我望著敏知時，相美的聲音從後面傳了過來：

「妳們瞧瞧她那個書包，一定是在網路上買的，多奇怪啊。總之，像她們這種御宅族喜好就是很特別。真想剖析一下她們這種人的心理狀態。」

相美到現在還叫敏知御宅族，還在講她的壞話。相美譏笑的語氣徹底喚起了我國中時的記憶。

「敏知，別在意那些話。」

敏知點點頭，擦了擦眼淚。敏知是個安靜老實的孩子，剛開學沒多久，同學間便傳出敏知國中時是御宅族的傳聞，但傳聞很快便平息了，之後敏知也交到了好朋友。一個月前，我和敏知還沒有很熟，但她與其他人不同，對我非常熱情友好。

不久前，班級群組聊天室裡突然出現一張敏知國中時扮演日本漫畫主角的照片，上傳照片的人正是相美。同學紛紛在照片下面留言，當然大部分留言都是哇、天啊、好強、厲害等的感嘆詞，但也有出口傷人謾罵敏知是御宅族的人。看到非常過分的人身攻擊，班長提議關閉了聊天室，相美也向敏知道歉，說自己只是開個玩笑。雖然三天後關掉了聊天室，敏知和同學的關係卻大不如前。

經歷這件事後，我開始害怕智慧型手機。去年九月底，學校宿營活動結束後，我才換了智慧型手機。三天兩夜的宿營結束後，回程路上大家都在聊天室裡聊天、分享活動期間拍的照片。起初我還不知道大家都低著頭在看什麼，但看到身旁的同學都在上傳照片和聊天。我很想問大家為什麼不面對面的聊天，而是用手機。回到家後，我直接去了手機賣場，之後也加入了聊天室，但沒想到這反而是一個陷阱。

上課鐘聲響了，同學們回到各自的座位。敏知默默擦去眼淚，嘆了口氣。我不明白為什麼大家不能接受與自己不同的，不，應該說是一點也不能容忍與自己不同的其他人。

回到家，我立刻登入臉書，在僅限朋友可見的秀貞相薄裡找到了相美國二時和秀貞一起參加Cosplay社團拍的照片。戴著天藍色長假髮、穿著短裙的相美，即使現在看也像極了初音未來。我把那張照片上傳到我們班的聊天室，我沒有什麼特別的想法，只是想告訴相美，妳沒資格嘲笑敏知，也想讓那些跟著相美、不假思索傷害敏知的同學感到羞愧。

吃過晚飯後，睡覺前我看了一眼手機，只見照片下面已經有兩百多則留言了。開始只是簡短的驚嘆詞，接著有人說，原來權相美也是御宅族啊，最後還有人罵起了髒話、譴責相美欺騙了大家。我感覺事情有些不對勁，非常害怕，所以直接關掉手機睡覺了。

早上在上學路上再點開聊天室時，又出現了五百多則留言，而且又有一張相美的照片出現在聊天室。那是一張相美Cosplay《航海王》中佩羅娜的照片，她戴著粉紅色假髮、穿著紅褲子，給人留下了深刻的印象。我記得秀貞說，為了幫相美扮演佩羅娜，她熬了兩個晚上。令人驚訝的是，上傳照片的人竟然是敏知。那張照片下面，每隔幾秒就會出現新的留言。這太可怕了。相美解釋道：

—這是國二慶典參加活動啦，我可不是御宅族。

相美隨後傳給我二十多則訊息。

—妳找死是吧？趕快把照片刪了！

但是智慧型手機裡的照片就像長了翅膀，不，應該說傳播的速度比光速還要快。照片已經從我們班的聊天室傳到其他社群網站，甚至連其他學校的人也看到了那些照片，我刪除聊天室裡的照片顯然已經毫無意義了。相美不停傳訊息給我。我回想起國中的惡夢，想起她開設黑粉社群、恣意上傳我和秀貞的照片。我教韓潔用手機拍下秀貞的信傳給我，囑咐她一定要把字拍得清楚一些。韓潔沒有問為什麼，我問她為什麼不好奇時，韓潔回覆：

—今天早上，我在國三的同班同學臉書上看到了相美的照片，那是妳先傳出去的吧？

—嗯，韓潔啊，出大事了。

—相美有說什麼？

—嗯。

—所以妳打算給她看那封信？好主意！

我把韓潔傳來的照片傳給了相美，按傳送鍵的手指一直抖個不停。傳完照片後，我又傳了一則訊息。

—權相美，妳少威脅我。妳再這樣，我就把這封信公開出去。妳總是這樣，說自己在開玩笑。因為妳嘲笑敏知是御宅族，所以我只是想警告妳，但沒想到事情會變成這樣。如果妳再威脅我，我也不忍了。妳國三欺負我和秀貞一整年，連一點愧疚和罪惡感都沒有嗎？大家看到這封信會怎麼想？妳自己也心裡有數吧？最近很多學生自殺，社會越來越關注校園暴力的問題了。過去的事情也會展開調查的。我再也不會忍氣吞聲了。

相美沒再傳訊息來，安靜的手機反倒令我不安起來。隔天開始，相美沒有來上學，同學間傳出了學校成立校園暴力對策委員會的傳聞，因為有人看到相美的媽媽來過學校。

放學前，老師對大家說：「妳們知不知道自己都做了什麼？妳們怎麼能這樣欺負同學呢？又不是小學生，都是高中生了。學校成立了校園暴力對策委員會，會嚴懲最初上傳照片的人。妳們不知道最近是什麼情況嗎？我強調過多少次，這種事會記錄在妳們的生活紀錄薄上，會成為妳們考大學的絆腳石！要是妳們誰先告訴老師，也不會鬧得這麼大啊！最初上傳照片的人，最好主動來找老師，老師會等著妳。」

放學後，我直接去找了韓潔。韓潔氣得臉紅脖子粗，聽我敘述完整件事後，仔細看了一遍我們班聊天室的聊天內容。

「妳一句髒話也沒講？」

「嗯。」

「內容不要刪，直接拿給老師看吧。反正很快就會知道第一個上傳照片的人是妳，而且這件事絕對不應該只懲罰最初上傳照片的人。如果學校只嚴處妳和敏知，我也不會袖手旁觀。還有那些髒話連篇的人呢！怎麼可以只嚴懲最初上傳照片的人？這太不合乎常理了。」

「學校不合乎常理的事可多了！我好害怕。真不知道自己到底做了什麼。權相美的男朋友就在我們隔壁的學校，照片在他們學校也傳開了。我、我好像變成了跟權相美一樣的人。」

「妳才沒有，妳也沒想到事情會鬧這麼大啊。再說妳是為了幫助敏知，妳和相美做的完全是不同的事。」

「我也這樣想，但結果還是一樣的。坦白講，我心裡也會想『權相美，妳也等著看好戲吧』。」

「誰都會這麼想的，不這樣想才奇怪。既然事已至此，怪也只能怪智慧型手機，妳和敏知根本阻止不了這件事，別太自責了。」陷入片刻沉思的韓潔用堅定的口吻說：「絕不能讓妳一個人背黑鍋。」

「那怎麼辦？」

「這次不管發生什麼事，都要把權相美的所作所為詔告天下。絕不能只讓妳和敏知受罰。」

「那該怎麼做？」

韓潔沒有回答，而是又仔細看了一遍聊天內容。

「妳千萬不要刪這些內容。妳和敏知沒有講一個髒字。這是誰？金智賢和韓多絮？這兩個人簡直是髒話連篇嘛。這個小乖乖又是誰？她這些話根本是語言暴力啊。如果學校只嚴懲最初上傳照片的人，妳就把這些內容當成證據拿出來。這些才是真正的暴力。」

我喪氣地說：「智賢和小乖乖，一個是班長，一個是學生會的，那個多絮的媽媽還是學校營運委員會的委員。學校大概連她們一根汗毛也不會碰。」

韓潔立刻明白了我的意思。

「就算是這樣，也先把這些證據截圖吧。妳們的老師怎麼樣？」

「什麼怎麼樣？」

「通情達理嗎？」

「不知道。妳也知道我本來就跟老師走得不近。不過我們老師很關心功課不好的學生，應該不是壞人，就是那種媽媽型的老師。」

「那就好。那就把這件事告訴她。如果相美再恐嚇妳，就把國中的事也告訴老師。」

「不行。」我斬釘截鐵地說。

韓潔把秀貞的信塞進我的書包，說：「佳恩，說不定這件事可以阻止相美再欺負別的同學。這也是秀貞想做的事啊。」

聽到這句話，我打起了精神。

*

早上剛到學校，我便直接去了老師辦公室，但看到敏知坐在那裡，可能是剛和老師談完，她擦著眼淚，整張臉都哭腫了。我默默拿出手機，點開群組聊天室遞給老師：

「我是第一個上傳照片的人，這上面可以看到。」

老師一語不發地拿著我的手機查看了聊天內容後，生氣地問：「妳到底為什麼做這種事？」

我看了一眼敏知，敏知也用膽怯的眼神仰望著我。

「敏知，我可以講嗎？」

敏知猶豫了一下，然後點了點頭。

「上上個星期，權相美先把敏知在國中Cosplay的照片上傳到聊天室。當時大家也是這樣嘲笑、謾罵敏知的，留言多到可怕的程度，然後班長說這是人身攻擊，教我們關閉了聊天室。事後相美也跟敏知道了歉，但她並沒有停止嘲笑敏知。所以我就以『相美，妳不是也做過這種事』的心態上傳了那張照片。之前已經發生過敏知的事，所以我沒想到事情會鬧這麼大。」

「這張照片是哪來的？妳也跟敏知一樣，上網搜尋部落格、臉書和社群網站找到的嗎？」

「不是。這是我相薄裡的照片，我和權相美國中唸同一間學校。」

這時，教務主任走了進來，輪流瞪了一眼我和敏知，接過老師手中的手機，看了一遍上面的內容。

「妳們的膽子可真夠大的，竟然都沒刪。不簡單啊。」

老師一臉不悅地說：「她們只是上傳了照片，沒有罵人，也沒有傳到別的地方。這件事得再討論，不是只找出最初上傳照片的人就可以解決問題。況且，傷害相美的是那些留言和把照片散布到別的地方的人。」

聽到老師的話，教導主任板起了臉。

「李老師說的這是什麼話？重點是要找出最初上傳照片的人。這件事已經送到校園暴力對策委員會了，雖說不能馬馬虎虎處理，但也不能擅自作主把事情搞大啊。擴大處罰範圍，那學校怎麼辦？再說，受害學生的母親還要告學校呢，至少先嚴懲最初上傳照片的人給她一個交代，之後還要處分什麼人，到時候再決定也不遲啊。妳可不要把事情搞大了。」

老師看了我們一眼，有些不知所措。

「這些話我們可以另外談。但在發生這件事前，權相美也對敏知做過同樣的事，雖然那個聊天室的內容都刪了，但可以知道她們是互相傷害了對方。」

「用證據講話，我們只看證據！」教務主任顯然對誰受到怎樣的傷害毫不關心。

校園暴力對策委員會流出消息，有人提出針對最初上傳照片的人和辱罵嚴重的學生應給予停課程度的處分，但也有人堅稱應該僅嚴懲最初上傳照片的人。幾天後，教務主任把我和敏知叫到辦公室，說是決定處罰前要先跟家長面談。

敏知眼淚汪汪地說：「我爸爸要工作不能來。」

「事關女兒前途，他怎麼能不來？那讓妳媽來一趟。」

「我沒有媽媽。爸爸是船員，經常不在家。」

「真是的，那妳自己一個人住？」

「不，我和姐姐……」

「那就讓妳姐姐來一趟。」

教務主任轉頭看向我，還沒等他開口，我先說道：「我的家長也不能來。」

教務主任露出荒唐的表情，「天啊，妳又是為什麼？」

「我沒有父母。」

「那妳自己一個人住？」

「我跟爺爺住，但他行動不便。」

教務主任不滿地搖著頭。「看吧，我就知道，正常人家的小孩才不會做這種事。」

教務主任的話如同錐子般刺進我的心臟。

我已經不是第一次聽到這種話了，國小和國中的時候，即使我沒犯什麼大錯，老師也一定會拿家長說三道四。每當這時，我都感到難過又丟臉，但久而久之就對這種話無動於衷了。但是今天不同，教務主任無心的一句話傷了我的心，我下意識地握緊了拳頭，怒瞪著他。

「妳這是什麼眼神？我說錯了嗎？因為妳們，知道學校都變成什麼樣子？做錯事也不知道反省，還敢用這種眼神瞪老師！」

我的眼眶濕了，但我沒有躲避老師的目光，而是更用力地瞪他。

「我的確做了錯事，但您也不能講這種話。」

教務主任一臉荒唐的表情看著我。「真是氣死我了，所以說這怎麼能不怪家教呢！喂，看在妳們班導師一直為妳們說情的份上，本來想調整處分程度的，但現在不必了，妳們這兩個無可救藥的傢伙。」

教務主任話音剛落，敏知便抖著肩膀嗚嗚大哭起來。見此情形，我無法再頂撞教務主任，只好強忍下心中的怒火。

放學後，老師因為我們和教務主任的事把我叫到了辦公室。

「佳恩啊，教務主任的語氣是有點粗魯，敏知也覺得他的話很侮辱人。但教務主任要管太多學生……」

我沒等老師說完，便打斷她：「是我的錯。那種話也不是第一次聽了，明知道老師都會那麼講，但我還是意氣用事了。」

老師的表情僵住了。「老師都講那種話？」

「嗯，幾乎……」

老師苦笑了一下。「妳讓老師很慚愧啊。」

我連忙解釋：「不，我沒有那個意思……」

「我知道。老師不是在罵妳，而是很羞愧。令人遺憾的是，校園暴力對策委員會堅持要嚴懲最初上傳照片的人，雖然老師一直提出質疑……所以必須請家長到學校來。老師已經和敏知爸爸通過電話了，問題是妳。我看生活紀錄薄上寫著妳爸爸的名字，這是怎麼回事啊？」

「我已經快十年沒見到他了。」

「聽說妳爺爺有病在身，那妳一個人照顧他嗎？」

「沒有什麼好照顧的，雖然爺爺行動不便，但還能自己上廁所，也能自己喝粥。」

老師的眼中充滿了同情，那種眼神和國小六年級的老師一樣。那位老師知道我家裡的情況後，想方設法地幫助我，不僅申請到補貼金幫我安裝了電腦，還帶領像我一樣放學後沒有去處的同學到圖書館或電影院。雖然那時的記憶並不都是美好的，但與那些知道我的家境情況卻不聞不問的國中老師相比，已經算很好了。

「我當班導師已經快一年了，卻還不了解班裡同學的情況，老師真該反省。老師的立場是，無論如何都要減輕妳和敏知的處罰，也要處罰那些把照片散布到社群網站和出口傷人的同學，但這並不容易。相美的父母提出要加害學生轉學，還把精神科的診斷書也交給了學校。老師思前想後，不如妳先寫一封信給相美如何？相美不是壞孩子，看她因為這次的事這麼痛苦，可見她也是個善良的孩子。如果妳求情的話……」

我搖了搖頭。「那我還是轉學算了。」

老師聽了我的話，嚴肅地斥責：「妳怎麼這麼不重視這件事呢？」

「也沒有其他方法啊。」

「轉學不代表這件事就結束了。妳的生活紀錄薄上會記過，就算轉到別的學校，也會把妳當成重點注意對象的。」

「我不想寫信給權相美。」

老師聽到我的話，表情徹底僵住。「李佳恩，是老師看錯妳了嗎？妳這話是什麼意思。妳想想，這件事對相美的衝擊有多大？相美從沒遭受過同學排擠，各方面都是模範生。妳知道被同學排擠會對精神造成多大傷害嗎？相美聰明能幹，性格也開朗，但這次被信任的朋友背叛後，受到了很大的打擊。正如妳說的，是相美先跟敏知開那種玩笑，但她透過這件事也得到了教訓。老師覺得妳們最好互相讓步和和解。最重要的是，老師更為妳擔心。」

「和解？跟權相美？有什麼好和解的？我和她吵架了嗎？背叛？她相信過誰嗎？她根本不相信任何人。」

我下意識地頂撞了老師。看到老師為難的神情，我很過意不去也很內疚。但我知道這次相美不會受到處罰了，她甚至變成了受害者，會被趕出學校的人只有我和敏知。我也知道在這種情況下，我無法堅稱自己沒有做錯任何事，但這次我不想就這麼默默接受這一切。我想起了韓潔的話，不要讓步。我下定決心後，從書包裡拿出韓潔給我的那封信遞給了老師。

「這是什麼？」

「我朋友的遺書。」

老師驚訝地看著我。「遺書？為什麼給我看？」

「因為跟這件事有關。」

老師歪著頭又問：「這是遺書？那寫這封信的人去世了？」

「嗯，一年前從我家公寓墜樓身亡了。」

老師大受衝擊，調整呼吸後，仔細看了一遍秀貞的信。

「相美一直欺負妳和這個孩子？」

「是的。」

我把我、秀貞和相美之間發生的事如實告訴了看完信後目瞪口呆的老師。在我講這些事的時候，辦公室的門開關了兩次，最後老師乾脆把門鎖起來，連振動的手機也關掉了。

老師認真地聆聽了我的故事。

最後她含淚道：「妳一定很辛苦吧。」

聽到這句話，我的眼淚嘩嘩地流了下來。在講這件事的時候，我一滴淚也沒有流，現在眼淚卻止不住地奪眶而出。老師就像剛才聆聽我講話一樣，一直等著我平靜下來。當我停止哭泣抬起頭時，窗外已經漆黑一片，走廊也徹底安靜了下來。奇怪的是，哭過後，我的身體好像變得輕盈了，就像吃過薄荷糖後，薄荷的香氣纏繞全身一般。我的身體徹底放鬆下來，彷彿閉上眼睛就可以入睡似的。

老師默默地看著我，問道：「心裡舒服些了嗎？」

老師見我點了點頭，露出了哀傷的微笑。老師長嘆一口氣，看起來似乎有些舉棋不定。

我看了一眼老師，問道：「這件事，您會告訴校園暴力對策委員會嗎？」

「不知道。把過去的事告訴對策委員會，不知道對不對，而且這也不是在我們學校發生的，但這件事必須得讓幾個人知道。老師覺得不能因為這件事，再讓妳和敏知受到傷害了。總之，讓老師思考一下吧。」

「我不想把事情搞大。如果這件事傳出去，相美就會接受調查，我不想這樣。我聽朋友說，有的學校把自殺的同學的簡訊做為證據，對加害者展開調查和處罰。如果相美也這樣，我會更辛苦的。我很恨相美，但也很害怕。我不認為秀貞的死全是相美的錯，學校本來就有像相美那樣的人，也有隨聲附和和對這種事視而不見的人，很多老師也對這種事睜一隻眼、閉一隻眼。」

「妳覺得這些人都有錯，這次才做了這件事，也決定把這封信拿給老師看。」

「沒錯。但說實話，我也不是很清楚。這次我是抱著不想再被相美欺負的想法把這封信拿給您看的，但我也知道這樣做沒有用，而且感覺自己好像變成了跟相美一樣的人。」

「佳恩，老師問妳一個問題，什麼事最讓妳覺得委屈？」

我呆呆望著老師。有生以來，我還是第一次聽到這種問題。我從沒想過什麼事令自己覺得最委屈。但我只是稍稍思考了一下，委屈之情便如同潮水般湧上了心頭。

「秀貞死了，但誰也沒有對此事負責，也沒有人覺得內疚。說實話，同班同學自殺了，每個人至少該反省一下是不是自己的錯吧。如果自己對那個孩子有一點錯，應該會感到內疚吧。如果大家不知道自己的錯誤，那老師應該指出錯誤，告訴大家秀貞為什麼自殺，一起哀悼她，至少應該呼籲大家思考一下為什麼秀貞會做出那種傻事吧。但是沒有。這次也一樣。我知道錯在於我，也正如老師說的，我也知道相美受到了傷害。但不是只有她受到傷害，她也應該感受到罪惡感吧。如果她心裡對秀貞的死有一點責任感的話，對敏知心存歉意的話，我也不會做出這種事。但我不是說非要讓相美受到處罰，只是希望她能意識到自己的錯。」

「嗯，老師明白妳的意思了。老師有責任照顧敏知、妳和相美，所以會明智地來處理這件事。妳別太擔心了。還有，雖然老師不是很清楚，但老師覺得那些同學對秀貞的死漠不關心，可能不是真的漠不關心，而是他們也難以承受這件事。因為承認自己也有責任的瞬間，會無法承受痛苦，才選擇了逃避。正因為這樣，學校也不願承擔責任。雖然這是卑鄙的行為，但人本身就是很脆弱的。也許大家心裡都留下了傷痕，也都很辛苦。妳比任何人的傷口都要深，所以老師才更擔心妳。佳恩啊，辛苦的事情不要放在心裡，以後都講出來。」

放學後，我去了韓潔家。下了一整天的雨雪，我的鼻子酸酸的。如果下一場鵝毛大雪可以把所有的一切都蓋住那該有多好，真希望雪白的光籠罩住這個世界，這樣就看不到公寓、車子、馬路和所有的一切了。但想到再大的雪也覆蓋不住那棟公寓時，我又洩了氣。

為什麼這種事總是發生在我身上呢？一直以來，我很想怨恨誰，但始終沒有找到那個可以怨恨的對象。我無法怨恨遺棄我和妹妹離家出走的父母和先走一步的奶奶，也不能怨恨留下我不辭而別的秀貞，還有把秀貞逼上絕路的相美。我能夠怨恨的只有那棟公寓，那棟樓梯式的社會住宅。如果不是那棟公寓，秀貞也不會縱身一躍跳下來了。

韓潔聽我轉述完老師的話，深有感觸的說：「佳恩，真是萬幸，真羨慕妳遇到了那樣的老師。我最近經常會想，如果當年我們遇到好老師，可能一切都會不同。」

「其實，我一直對老師沒抱什麼期待。但經由這件事，不禁覺得為什麼我們國中時沒有遇到這樣的老師……」

「沒錯。」韓潔附和著我，望向窗外越下越大的雪：「佳恩，我想當老師。」

「老師？妳不喜歡學校，還想當老師？」

「嗯。直到國一我的夢想還是當老師，但學校太令人失望了，所以我就放棄了……但看到妳們的老師，我覺得當老師似乎可以做些什麼。如果能成為守護秀貞那樣孩子的老師，不就可以減少像我們一樣受傷的孩子了嗎？」

「學校不改變的話，一名老師又能改變什麼呢？」

「當然不能改變什麼，但總比沒有那樣的老師好吧，而且那樣的老師越來越多的話，總可以改變什麼吧？說實話，國中時，很多老師都對學校不滿，上課的時候，老師也說學校已亡，必須有所改變。」

「他們就只是嘴上講講。」

「所以啊，我們不能只是嘴上講，也要採取行動。」

我沒有從韓潔身上收回懷疑的目光。這可能嗎？如果可能的話，我也想改變什麼。

6

兩天後，學校的公布欄貼出了處分公告。我和敏知的處分是做一個星期的全日志工，外加一個月每天一小時志工活動，然後扣二十分。散布照片的六名同學的處分是十小時志工活動，另外扣十五分。在聊天室裡辱罵相美的三名同學的處分是五小時志工活動，另外扣十分。在公告貼出前，老師單獨把我和敏知找到辦公室，告知了處分內容，還跟我說了與相美媽媽見面的事。

「老師把妳手機截圖和那封信都給相美媽媽看了，她對國中時相美在學校做過什麼事一無所知。相美媽媽決定撤回要求妳轉學、起訴和支付醫療費的要求，校長也不希望事情鬧大，所以向校園暴力委員會提出，徵得受害學生家長同意後，決定減輕處分程度了。等相美來上學，老師還會再找她談談的。妳覺得如何？」

「嗯？什麼覺得？」

老師看著一臉摸不著頭緒的我，「這樣的決定妳滿意嗎？」

「學校的決定，還會在乎我滿不滿意嗎？」

「雖然這次的事妳沒有決定權，但學校的決定不能委屈任何一個人，也不能不公正。說實話，老師不是很滿意這次的決定。但是佳恩啊，這次就當解開一個心結吧。以後我們都不要再畏懼、逃避任何事。來，跟老師握握手，我們約定好，以後凡事不再畏懼和逃避。」

我不知道老師到底是什麼意思，但在握住她手的那瞬間，我們好像變成了志同道合的朋友。

「還有一件事。妳這次沒有申請補課，但從寒假開始一定要申請喔。因為妳有領基礎生活保障津貼，所以補課是免費的。妳必須提高成績，才能上大學啊。」

我搖了搖頭。「但我放學要去打工。反正我也不打算唸大學，我打算從高二開始申請職業課程。」

「職業課程？這樣啊。那好，我們再來討論這個問題。」

*

為期一週的志工活動一點也不累，我們只需要協助學校老師幫校園的樹木做過冬的準備。我們替紫薇樹、柿樹、木蓮樹、玫瑰、牡丹和滿山紅圍好擋風帳，在樹根旁撒滿鉅末木屑、蓋上稻草。在做這些時我不禁想，如果有人也能幫秀貞撐過那個寒冬，該有多好。

我和敏知在花壇做事時，大部分同學只是不經意地從我們身邊經過，但也有人提及相美的名字、對我們指指點點。她們具體說了什麼，我們沒有聽清。但無論她們說什麼，對我來說都無所謂了。因為我和敏知答應老師會好好反省自己做過的錯事，不會在意別人的眼光和流言蜚語。我們也會像老師說的那樣，不再畏縮和逃避。

我和敏知做完志工後，相美也沒有來上學，甚至連期末考也沒參加。同學間傳出相美退學的消息。休業式那天，相美終於來學校了，但她沒有進教室，而是透過班長取走置物櫃裡的東西。同學們得知相美來的消息都很緊張。

回到教室的班長一臉困惑。「權相美說退學後，要自己準備大考和檢定考，拿了滿分要上首爾大學，還跟我說以後在首爾大學見。權相美這人的性格還真特別。」

教室裡響起了附和聲。

「是啊，仔細想想，她也真是個怪咖。」

同學們頻頻點頭。大家認定權相美是個怪咖後，緊張的氣氛漸漸緩和。也許相美很快就會像秀貞一樣，被大家遺忘。

放學後，我和敏知一起走出校門，突然有人拉住我的手臂。是相美。相美身穿羽絨衣，頭上的棒球帽壓得很低。認出相美的敏知嚇了一跳。

相美對敏知冷冷地說：「我有話跟李佳恩說，妳走開。」

脹紅臉的敏知抬頭看向我。

「沒事的，妳先回去吧。」

敏知走後，相美語帶嘲諷地說：「唷，托我的福，妳們成為朋友啦？真是物以類聚啊。我有話要跟妳說，本來想傳訊息，但誰知道妳會不會又截圖威脅我。我想說的是，妳不要以為我退學是因為朴秀貞那封信。老師跟我媽講，希望我能好好反省，我為什麼要反省？又不是我殺死朴秀貞的！說實話，像她那種人死了，誰會在意？妳也清醒點，少多管閒事。妳竟然敢這麼對我，妳以為我會跟朴秀貞一樣嗎？我跟她可不一樣。以後不要讓我再看到妳，看到妳我就心煩。嘖，仔細想想，以後我和妳混的圈子一定不同，絕對碰不到的。」

我怒視相美。但我知道，此時生氣就等於是中了她的計。

「妳不要用這種方式侮辱秀貞。這世上沒有一個人的死是可以無視的。我真心希望妳能對秀貞的事感到內疚。妳說大家都不在意？那是因為她們知道承認自己對秀貞的死有責任的話會很痛苦，所以都在逃避自己的良心。但這都是暫時的，妳也和她們一樣。所以，我不會再怨恨大家了。也許有一天，妳也會羞恥到抬不起頭來。到時候妳再來找我吧，我可以告訴妳如何克服這種羞恥。」

相美眼中充滿了憤怒，但我沒有迴避她的視線。相美最後對我破口大罵了幾句後，朝她媽媽的車子走去。

＊

整個寒假，我都在辣炒年糕店打工。和老師商議後，我決定從二年級開始選擇職業課程，但還沒想好要學美容還是烹飪。韓潔從一月開始參加了檢定考速成班。每天打完工，韓潔會幫我補習功課，除此之外，我的生活與之前並無不同。但奇怪的是，我每天都過得很開心。雖然家裡的情況和工作的辣炒年糕店生意都和之前一樣，但就是有什麼感覺不同了。從我家的窗戶俯瞰公寓的遊樂場、花壇的樹木、馬路對面的商街和商街後面的住宅區，顏色也都發生了變化；爺爺、英恩、韓潔和發放救濟食品的司機叔叔的表情也不同了。

我把手機裡秀貞的照片傳到電腦裡，建了一個秀貞的資料夾。然後為了紀念清空的相薄拍了一張自己的照片。這是我生平第一次「自拍」。我對著畫面中的自己笑了笑，雖然很害羞，但我沒有閃避鏡頭。我一直無法理解玩自拍的人，也覺得對畫面中的自己笑很奇怪。不知為何，就是覺得很肉麻、很尷尬。我強忍住這種尷尬的感覺，對畫面中的自己露出了更燦爛、更開朗的笑容。我漸漸喜歡上照片中笑得很燦爛的「李佳恩」。

我把這張照片傳給韓潔，韓潔在照片上畫了一對翅膀，還在下面寫了一句話：「飛翔吧，蚱蜢！」看到「蚱蜢」這個久違的綽號，我竟然感到很溫馨。我把照片設成ＬＩＮＥ大頭貼，這是我第一次上傳自己的照片。

休業式那天，老師還告訴我一個好消息，她會教我們二年級的文學課。雖然從二年級開始，我要到校外上半天的職業課，但想到可以見到老師還是非常開心。那天老師還送了我一本名為《跳躍吧，蚱蜢》的繪本。

回到家，我翻開繪本。看到一隻蚱蜢躲在草叢中的瞬間，眼淚不由自主地流了下來。那隻蚱蜢就是我和秀貞。看到蚱蜢冒著被吃掉的危險，跳到岩石上晒太陽時，我的眼眶紅了，因為我知道它遲疑了多久，也知道那樣做需要多大的勇氣。蚱蜢沒有退縮，沒有躲避蛇、螳螂、蜘蛛和小鳥。跳躍著前進的蚱蜢突然從岩石上掉了下去，但它馬上意識到自己背後有一對翅膀，出生以來從未展開過的小翅膀。與蜻蜓優雅的翅膀和蝴蝶美麗的翅膀相比，蚱蜢的翅膀顯得滑稽可笑，但它仍搧動著那樣的翅膀、乘風飛翔過荒野。

看著繪本，我想到自己和秀貞也有一對從未用過的翅膀。秀貞未能展開那對翅膀便墜落了，但我決定拿出自信打開那對翅膀。我不準備拿自己的翅膀跟蜻蜓和蝴蝶做比較，我要用這對翅膀，飛出藏身的草叢。

作者的話

從國小到高中畢業，我就讀的學校裡都有一些高大有力氣的孩子，用現在的話講就是學校的老大。那些孩子大多比同齡的孩子身材高大、有力氣、長得帥或是很漂亮。即使不是這種靠力氣的人，那些功課好或家境好的孩子也會擁有某種程度的影響力。除了同學，他們還會獲得老師的支持和認同，進而獲得僅次於老師的權力。

因為我不具備以上任何一個條件，所以從來沒有貪圖過這種權力。但我得到過擁有這種權力的孩子的認可和保護。當時，我覺得這種權力的滋味很甜美、很刺激。但自從意識到那種甜美是一種錯誤，我便無法再繼續沉浸下去了。我意識到，那是良心，至少在我成長的時代存在著良心和羞愧、憐憫和同情。儘管與權力抗衡是件難事，還是有人願意挺身而出，支持那股勇氣。

權力伴隨著暴力。不是揮舞拳頭的暴力就沒關係嗎？人們通常把這種暴力稱為校園暴力。無論是那時還是現在，校園暴力都在藉助所有人的沉默與助長，延續著生命。

近來，這樣的孩子無法只擁有一種條件就獲得權力，只有長得好看且功課好、家境好的人才能擁有權力。具備所有條件的人才能享受權力，然而那些不具備條件的孩子就只能服從、助長權力，並對權力的殘暴保持沉默。

不久前，後輩任教的仁川市某國小六年級在放假前出了大事。班長和幾名同學在群組聊天室裡說要向教育部告發班導師，因為他們覺得老師偏袒欺負他們的同學。老師跟自己關係好的時候，就說老師是最好的老師，但當老師指出自己的問題、保護弱者時，就會被貼上無能老師的標籤。

那間學校經常發生用智慧型手機的群體霸凌事件，幾名仗勢欺人的學生把一個同學關在教室裡對其行使暴力也是常有的事。因為我的後輩管教嚴厲而且很兇，所以六年級的五個班裡，只有他負責的班級沒有發生過這種事。

孩子們比起老師的權威更害怕那些孩子擁有的權力。但即使如此，也不代表擁有權力的孩子本性是壞的，在這些孩子裡也有曾是校園暴力的受害者。那間學校的老師說，問題在於擁有權力的孩子不肯放棄權力，以及那些羨慕和害怕權力的孩子沒有勇氣說「不」。當這些孩子說「不」的瞬間，便會被趕出所屬的群體，所以害怕自己被歸為貼有「懦夫」標籤的群體。這種景象不覺得很熟悉嗎？學校就是社會的一面鏡子。

那間學校位於新舊公寓社區之間，所以學校聚集了一般階級、中低收入階級和中產階級的子女。孩子間存在極大的差異，而且少有敢於抵抗權力的孩子。

二〇一二年底，我到光州某國中演講。那是一間位於光州新城區、在三十坪公寓社區附近的學校，雖然每個學年有十多個班，但學校氣氛非常自由、和平。學校老師說，這是因為領取基礎生活保障津貼的學生比例很低，而且幾乎沒有住在大坪數的富裕人家小孩，因此孩子之間的差異感相對較低，也沒有發生過校園暴力事件。當然，這間學校也有不把精力放在學業上的孩子、仗勢欺人的孩子、一心只想得第一名的孩子，只是他們的影響力沒有其他學校的孩子大而已。

針對解決校園暴力所提出的扣分、轉學等處罰，和成立校園暴力對策委員會，都只有短暫的效果，根本無法徹底解決問題。在這個只認可第一名、只認錢、壟斷權力和對暴力沉默的世界，良心、正義和道德不具備任何力量。在學校外面，社會上擁有名利和力量的大人爭權奪利、踐踏道德和良心，而在學校裡面，卻教育青少年要做一個善良、正直的人。這顯然沒有任何意義。

在這個從國小開始，便存在讀過英語幼稚園的孩子和還不識字的孩子；在這個以公寓坪數作為交友標準的社會；在這個用衣服品牌判斷孩子價值的社會，是不可能根絕校園暴力的。

要阻止校園暴力，必須從價值的轉換開始，不對第一名和最後一名差別待遇，批判不公平和無視正義的現實，必須認知什麼是羞愧與羞恥。要想做到這些，就要改變世界。

但也不能埋怨社會和世界，屈服於暴力或認為這些都事不關己。在這個巨大的群體之中，僅靠幾個人的意識轉變和勇氣是無法剷除暴力的，但將每一個人的勇氣和意識匯聚在一起，總有一天可以帶來改變。

這本書正是那些選擇了勇氣和意識的孩子們的故事。世界的變化正始於這些看似渺小且微不足道的事情。

二〇一三年一月

金重美

學校裡無處可去的少年們／金重美（김중미） 著 . 胡椒筒 譯 . -- 初版 . – 臺北市：時報文化，
2022.09；面；14.8 × 21 公分 . --（Story；051）
譯自：조커와 나
ISBN 978-626-335-692-4（平裝）

862.57 111010497

ISBN 978-626-335-692-4
Printed in Taiwan.

※ 本書獲得韓國文學翻譯院（LTI Korea）之出版補助。
This book is published with the support of the
Literature Translation Institute of Korea(LTI Korea).

Story 051

學校裡無處可去的少年們
조커와 나

作者 金重美｜**譯者** 胡椒筒｜**主編** 尹蘊雯｜**執行企畫** 吳美瑤｜**編輯總監** 蘇清霖｜**董事長** 趙政岷｜**出版者** 時報文化出版企業股份有限公司 108019 臺北市和平西路三段 240 號 3 樓 發行專線—(02)2306-6842 讀者服務專線—0800-231-705．(02)2304-7103 讀者服務傳真—(02)2304-6858 郵撥—19344724 時報文化出版公司 信箱—10899 臺北華江橋郵局第 99 信箱 時報悅讀網—www.readingtimes.com.tw 電子郵件信箱—newlife@readingtimes.com.tw 時報出版愛讀者—www.facebook.com/readingtimes.2｜**法律顧問** 理律法律事務所 陳長文律師、李念祖律師｜**印刷** 勁達印刷有限公司｜**初版一刷** 2022 年 9 月 16 日｜**定價** 新臺幣 390 元｜（缺頁或破損的書，請寄回更換）

時報文化出版公司成立於 1975 年，1999 年股票上櫃公開發行，2008 年脫離中時集團非屬旺中，以「尊重智慧與創意的文化事業」為信念。